GAËLLE JOSSE

DE NOS BLESSURES UN ROYAUME

ROMAN

BUCHET • CHASTEL

ISBN : 978-2-283-03971-7

« Vivre, c'est passer d'un espace à un autre
en essayant le plus possible
de ne pas se cogner. »

Georges PEREC
Espèces d'espaces

Paris, vendredi 23 juin 2023

Dans la salle, le public la réclame. Elle. Il la veut. Maintenant. Elle prend une longue inspiration, ferme les yeux quelques instants. D'une main elle écarte les pans du rideau en velours sombre et se glisse dans l'ouverture, puis elle s'avance vers le devant de la scène. Lumière. Elle salue. Son buste plonge vers le sol et elle laisse les applaudissements rouler sur ses épaules. Son dos blanc, ses bras blancs, ses pieds nus émergent d'une robe bleu nuit qui s'enroule autour d'elle. Puis elle se redresse, recule de trois pas et saisit les mains des deux danseurs les plus proches, elle reprend sa place dans la longue guirlande qu'ils dessinent sur toute la largeur de la scène.

Ils saluent, encore, et encore. Ils sont tous là, sur ces planches qu'ils ont investies une heure et demie plus tôt, tous, épuisés et radieux, les valides, les boiteux, les aveugles, les maladroits, les timides, ceux en fauteuil roulant, ceux avec une jambe en moins ou un chromosome en plus, les corps triomphants, les corps déformés, les corps fatigués, les professionnels et ceux qui arrivent en courant le soir après le travail.

Les visages ruissellent de transpiration et de fatigue, les éclairages creusent les traits et intensifient le blanc de leurs vêtements. Ils sont autour d'elle, et elle au milieu d'eux. Ils sont là, tous ceux à qui elle a murmuré un jour lève-toi et danse, donne-moi la main et fais-toi confiance, on a une histoire à raconter ensemble. On va l'écrire et la danser. Tu auras mal, tu auras peur, tu voudras abandonner et on sera tous là quand ça t'arrivera, on a besoin de toi pour que l'histoire soit entière.

Les applaudissements s'accélèrent, scandent un rappel, un autre, un autre encore. Elle quitte la chaîne et recule d'un pas, noue l'une à l'autre les mains qu'elle tenait à l'instant. Elle les pousse devant elle, au bord de la scène, le plus près possible du public, et elle les applaudit.

Elle a arraché l'élastique qui retenait ses cheveux et ça s'éparpille en flot sur ses épaules. Un relâchement de tout son corps accompagne ce geste de délivrance.

C'est fini. Ils l'ont fait.

On l'a fait ensemble.

Il est l'heure de s'effacer. Je vous aime, toutes, tous, Yaël, Enzo, Coline, Samira, Walid, Massimo, Pierre, Minh, Aurélien, Claire, Nora, Kim, Karim, Noémie, mes estropiés, mes esquintés magnifiques, mes abîmés, je vous aime mais je ne suis plus là. Les mots ne franchissent pas ses lèvres mais ils éclatent en elle. Je vous ai portés et vous m'avez portée. Je vous aime, et je suis fière de ce que nous avons fait. Mais maintenant je ne suis plus là. Demain je pars.

Dans la salle, les lumières se rallument, le public se disperse dans le grincement des fauteuils qui se relèvent, dans le froissement des vêtements et le bourdonnement des conversations d'après-spectacle. La scène est vide, coupée en deux par le rideau de velours noir. Demain je pars.

Il reste à partager le repas qui les attend dans les loges. À l'entrée des coulisses elle attrape un lainage léger posé sur une chaise et le passe sur sa robe couleur de nuit, elle glisse ses pieds dans les sandales plates laissées à côté, puis elle disparaît dans les couloirs encombrés et poussiéreux. Elle s'arrête aux lavabos et s'asperge le visage, mains en coupe, puis le cou, les avant-bras, le pli des coudes, les aisselles, l'eau qui inonde la faïence blanche la libère de la tension accumulée. Des éclats de voix, on l'attend. Où est passée Agnès ? Elle les rejoint et cède avec eux aux embrassades, aux rires, aux larmes, aux verres levés, à toi, à nous, à la danse, à la vie, à la joie.

Je suis là et je ne suis plus là. Demain je pars. Elle ne le leur dira pas.

Nice, dimanche 25 juin 2023

Me voici à la gare routière, la gare Vauban, comme elle s'appelle, une étendue goudronnée striée de marques blanches au sol, et rien pour s'asseoir ou s'abriter, ou se rafraîchir. Mais c'est bien là que je vais, en gardant un œil sur le plan qu'affiche mon téléphone, avec une ligne bleue sinueuse que je m'efforce de suivre. Je suis arrivée hier dans l'après-midi à la gare de Nice, depuis Paris. Six heures somnolentes, écorchées par les annonces sonores incessantes. Ankylosée à l'arrivée. En sortant, tout de suite j'ai cherché les palmiers. Où sont-ils passés ? Les deux, devant l'entrée de la gare, ils étaient là, maigres et échevelés, la dernière fois que je suis venue, j'en suis certaine. Quand était-ce ? Je ne sais plus, mais les palmiers étaient là, ma main à couper. Ils devaient gêner, la gare s'est agrandie, une baraque à croissants et à sandwiches colonise la place, avec des moineaux intrépides qui guettent les miettes sur les quelques tables métalliques bancales posées dehors.

J'ai les yeux encore pleins du spectacle de la côte vue du train, celle qu'on longe une fois passé Marseille. Le wagon s'est vidé à la gare Saint-Charles, alors j'ai changé de place pour me mettre du bon côté, la fenêtre côté mer. Les rochers rouges de l'Estérel et l'eau turquoise mouchetée de blanc lorsqu'elle se brise sur la roche, c'est ça que j'attendais, ces couleurs vives, saturées, ces couleurs qui sont la première preuve d'un changement, d'un passage vers un autre climat, une autre végétation, d'un début de voyage.

Pourtant, c'est ici, entre goudron et ciment, baraquements et barrières métalliques, qu'il commence vraiment, ce périple que j'entreprends, c'est ici que je situe son point de départ.

Hier, en arrivant, j'ai ajusté mon petit sac à dos en nylon noir à l'épaule et assuré ma main sur la poignée télescopique de mon sac, une ruine roulante en toile qui m'accompagne depuis des siècles. Il fallait que je marche, que je déplie mon corps, mes jambes, que je descende à pied jusqu'au port où j'ai réservé une chambre. Mon pas comme unité de mesure.

J'ai marché, arpenté le port, contourné le bassin, j'ai regardé les voiliers et les barques en bois coloré, les pointus comme on les appelle ici, je suis arrivée au pied de la sculpture *#I love Nice* et ses lettres géantes que les promeneurs photographient et que les joggers utilisent comme support pour leurs étirements de fin de course, j'ai regardé l'immeuble en face, façade ocre et volets gris clair, je trouve ça très chic, dans une vie rêvée j'aimerais bien une maison comme ça, puis je suis descendue au bord de l'eau, chaussures à la main, et j'ai laissé les vagues tièdes envelopper mes chevilles, je les aurais voulues plus fraîches, mais c'est déjà agréable, je regarde le monde autour de moi sur la plage, et au-dessus, sur la Prom, ça marche, ça court, défilé de lunettes de soleil et parade de corps en gloire.

Je respire. J'ai tenu jusqu'au spectacle, j'ai rempli le contrat, les cinq représentations prévues pour ce festival, des mois de travail, de répétitions, d'emballements, de doutes, d'épuisement, de contretemps et au milieu de tout ça la confiance de tous, les corps engagés pour raconter une histoire. Ils se reposent sur moi et me portent en même temps, ils me gardent vivante. Tenir. Tenir jusqu'à la cinquième et dernière, saluer et entrer dans l'absence.

Oubliez-moi, un peu, j'ai quelque chose à faire maintenant et je dois le faire seule.

Alors oui, ce voyage déraisonnable commence ici, dans l'inconnu de cette gare routière déjà trop chaude sous le soleil du matin, dans le dédale des bus aux dimensions monstrueuses, carrossés de couleurs criardes, garés en lignes parallèles, métal tiède, odeurs d'essence et de plastique enlacées. Je ne les imaginais pas aussi énormes, vus de près.

C'est un lieu inhospitalier, concédé aux voyages des pauvres, ceux qui n'ont pas de voiture et ne peuvent s'offrir le train (ni rien d'autre probablement.) Alors à quoi bon leur proposer en plus de l'ombre, des lavabos, des sièges et des distributeurs de sodas ? Pourquoi pas des glaces et des gaufres gratuites ?

Presque cinq heures de trajet m'attendent. Ça me va. Je vais me laisser porter, me laisser bercer par la route, j'ai prévu une grande écharpe qui me servira de plaid si je dois voyager de nuit, ou si la clim est trop fraîche, ou si j'ai besoin d'un peu de douceur, ou d'un oreiller. J'attends devant l'emplacement du bus pour Milan, je suis arrivée tôt, la première, un truc d'éternelle angoissée, je sais, être sur place, repérer, voir venir, s'épargner la bouffée de stress à l'idée de ne pas trouver, de se perdre, d'arriver trop tard, avec des loups ou des dragons à combattre en chemin, on ne sait jamais, et puis autour de moi ça déboule de partout, ça parle français, italien, les bagages s'amoncellent sur l'aire goudronnée.

Je regarde l'habitacle où je vais devoir m'engouffrer, il ressemble à une énorme fourmi vert pomme, avec ses immenses rétroviseurs recourbés, installés comme des antennes géantes de part et d'autre du pare-brise panoramique. Si je peux, j'essaierai de trouver une place près de la fenêtre, et je laisserai la route, les paysages, toute la vie dehors entrer en moi. Jusqu'à Gênes, on va longer la mer, en surplomb, la route sera sinueuse, ponctuée d'innombrables tunnels. Et puis plein nord ensuite, vers Milan. Ce sera ma première étape. Le chauffeur me fait un signe, il désigne ma ruine roulante d'un doigt agacé, non, je ne peux pas monter avec mon sac, il faut que je le loge dans le ventre de la fourmi, et vite, si on veut partir à l'heure. Je m'exécute, pose une question à laquelle il me répond par un haussement d'épaules, je n'insiste pas. Je l'ai voulu ce voyage, cette échappée, cette errance, alors vas-y ma vieille, grimpe là-dedans, fais comme tout le monde et tais-toi.

Pour aller là où je vais, j'aurais pu prendre l'avion, en deux heures c'était réglé, une diagonale à travers les nuages, hop deux jours là-bas, mettons, et retour. Mais non, c'est trop rapide, trop violent, couloirs gris climatisés d'aéroport et brutale téléportation, décollage attachez vos ceintures mauvais café et rattachez vos ceintures atterrissage, d'autres couloirs gris. C'est d'un voyage lent dont j'ai envie, un peu incertain, indécis, avec des détours et des étapes, des hésitations, des repentirs, des visages, des rencontres, ou des possibilités de rencontres. Pas un voyage de touriste, même si je vais faire comme tout le monde en fin de compte, mais je me rêve plutôt voyageuse, avec des moments pour revoir des choses aimées, des moments pour me souvenir, des moments pour découvrir ce qui n'a pu l'être encore, un voyage comme une promesse à notre histoire.

Un an maintenant, et je ne m'en sors pas.

Danser, créer, répéter, contraindre mon corps à l'exercice, à la rigueur, absorber l'énergie de la troupe et la leur redonner, et les moments d'émotion, la ferveur du public, les confidences inattendues en fin de cours ou dans les vestiaires, tout cela m'a aidée dans le tunnel, mais le tunnel n'en finit pas et j'y suis seule. Les images qui attendent la nuit pour surgir, alors que je les croyais envolées, le grain d'une voix qui n'est plus et dont je n'ai pas osé supprimer les derniers messages sur mon téléphone, tout ce qui me laisse hagarde, vidée, au matin. Pendant les semaines qui ont suivi la disparition de Guillaume, je guettais encore les appels de l'hôpital, ou je m'éveillais en me disant qu'il m'attendait. Quelques secondes après, la réalité reprenait la main. Arrête. Arrête. C'est fini.

Alors il a fallu remettre en route la machinerie du corps, de la volonté, du nécessaire, de la survie ; tenter de faire oublier combien j'étais devenue transparente, friable. Fendue en deux. Éviscérée.

Travailler. Encore. Toujours. Étirements, barre, assouplissements, muscles, tendons, le plus loin possible, respiration, rien n'est jamais acquis, puis la récompense, l'eau chaude de la douche. Un café. Et après ? Et maintenant ? Et demain ? J'ai tenu pour ceux qui m'attendaient, qui comptaient sur moi, mais mon envie à moi, où est-elle maintenant, dans cette joyeuse et baroque nef des fous que j'ai menée avec élan et amour ?

Mes épaules ne peuvent plus rien porter.

Oubliez-moi.

De mon siège en velours orangé, couleur de citrouille ou de potimarron, où je me suis arrangé une espèce de tanière de voyage, avec écharpe, sac, pull autour des épaules, je repense à ces jours où je ne suis pas sortie de chez moi, si ce n'est pour respirer sur le balcon de notre appartement aux portes de Paris. C'est là que se poursuit la vie, ma vie, c'est aussi là qu'il est encore présent, avec cet espace où il a planté, taillé, désherbé, mis en forme, arrosé, pour que ces quelques mètres carrés aient la beauté, le luxe d'un jardin suspendu. Ton jardin, ma chérie. Ton royaume. Les deux chaises pliantes et la minuscule table ronde, dès les beaux jours. Les tomates cerises croquées sitôt cueillies, le rosier grimpant accroché à son treillis vert, les bacs de campanules et de coquelicots. Les jardins, son métier, sa vie. Les créer, les soigner chez les autres en attendant de pouvoir s'offrir le sien, le nôtre. Il n'y en aura pas maintenant.

Mes gestes le matin, s'asseoir là, le temps d'une respiration, d'un café, et tenter de continuer ses gestes à lui. Arroser, veiller, redresser, nettoyer. Attendre une floraison comme un rendez-vous. Au fil des mois, ces gestes m'ont tenue, je le sentais près de moi, à se moquer gentiment de mes essais maladroits, de mes initiatives bizarres, de mes erreurs. Et puis il y a quelques semaines, quand l'orage a tout renversé, tout déchiqueté, devant cette désolation j'ai perdu courage.

Je sors ma bouteille d'eau de mon sac à dos et regarde autour de moi. Personne ne me prête attention. On parle italien, je comprends des choses, mais pas tout, je m'en fiche, ça fait un fond sonore qui se marie avec le ronronnement du moteur, sensation de doux flottement, ça me va. Je me voudrais ombre passante, silhouette qu'on ne remarque pas, qu'on ne questionne pas, qui ne demande et n'attend rien, sinon de mener ce voyage à son terme.

L'essentiel se trouve dans ce petit sac à dos que je porte à l'épaule droite, la main refermée sur la sangle en nylon. Le livre. Il est là, j'en sens la forme, le poids, la présence. Celui pour qui je me suis décidée à traverser l'Europe en bus, d'hôtels pas terribles en gares routières cafardeuses. En dépit de ses quelques centaines de grammes, à peine, il est lourd à porter. Trop lourd. Je le connais par cœur, page après page, il fait partie de moi, que je le veuille ou non.

La dernière lecture.

Celle qu'il a demandée à l'hôpital, dans la chambre blanche. Quand il n'a plus pu lire, c'est moi qui ai pris la suite. Ce bouquin, il m'en avait tellement parlé. Tu sais qu'il m'a sauvé la vie ? C'est grâce à lui que j'ai compris ce que je voulais faire, que j'ai enfin pu découvrir la vie que je désirais, après beaucoup d'errance.

Alors, chaque jour, ma voix sur ces mots dont il ne s'est jamais lassé, qui l'ont apaisé, bercé jusqu'à la fin. L'objet a vécu, transporté, posé, ouvert, laissé, repris. Je me rappelle la dernière page lue. Le dernier mot, la phrase interrompue, le marque-page. Il y a un an et c'était hier. Le temps, anneau de Möbius glissant sans fin, sans retour arrière, sans repères, sans prise, faisant de moi une perdue, une inconsolée. Une affligée que rien ne vient distraire.

Ce goût de la fugue, des échappées, qui m'envoie aujourd'hui sur les routes, je l'ai depuis toujours. Héritage d'une enfance trimballée, vécue dans le mouvement, les cartons et les rentrées scolaires en terre inconnue, à quoi bon se lier, se donner puisque tout cela sera rompu dans quelques mois ? Puisqu'il faudra recommencer et renoncer au moment où tout semble trouver sa place. Additionner les déchirements, les manques. Additionner les promesses de retour impossibles à tenir. Peu de possessions, pouvoir partir vite. J'ai enveloppé tout ça d'une couche de solitude, comme un édredon pour amortir le poids des séparations et des recommencements. Ne pas attendre, ne pas dépendre. J'ai vite compris que je serai mon propre axe, mon repère, mon point fixe, mon diapason. Et Guillaume, un jour, alors que je n'attendais rien. L'homme posé, ancré, attentif à ce qui tombe sous son regard, celui qui n'en finit pas de scruter quelques mètres carrés et d'y trouver histoires et merveilles. Guillaume, terrien. Moi le vent, le feu. L'embrasement. Nos sauvageries. Tes mains, comme des oiseaux envolés. La vie qui déborde et nous déborde. Notre faim insatiable de cet amour prodigieux que nous vivions.

Tu m'avais appris à ralentir. J'aimais les couleurs de ton ciel. Et ce mot que tu avais écris un jour sur une carte, un jour d'anniversaire. *À nos lents demains, mon amour. Avec toi, toujours*. D'une journée banale qui m'ennuyait à périr, où j'étais toujours en quête d'un battement de cœur supplémentaire, tu faisais une constellation d'instants et de couleurs. Je t'enviais ça. La vie, fantaisie provisoire. Je vivais pour demain, tu apprivoisais l'aujourd'hui avec grâce, curieux du merveilleux qu'il allait t'offrir, d'une germination inattendue, d'une clarté soudaine. Sans toi le monde est redevenu opaque, comme une mare en hiver. J'essaie de retrouver un regard.

Le livre, je l'avais posé sur la table basse en rangeant mon sac, à côté du petit paquet d'affaires désormais inutiles qu'on m'avait remis avec le dossier médical, ces choses ultimes et dérisoires qui serrent le cœur, lunettes, paquet de mouchoirs, tee-shirt de rechange, magazine, petit carnet, stylo. Depuis, je ne l'ai pas touché, je le vois en arrivant, en partant, en passant, en m'asseyant. La couverture vert foncé, mate, granuleuse, on dirait du papier Canson, et la vignette rectangulaire en couleurs, collée au centre, quelques millimètres de travers, en papier brillant, un détail de jardin exotique, luxuriant, avec des palmes très découpées, un soleil pâle en arrière-plan et quelques fleurs indéfinissables aux couleurs vives, peut-être un détail d'un tableau du Douanier Rousseau, ça y ressemble un peu, je n'ai pas vérifié. Le nom et le titre en lettres blanches. Julien Lancelle. *Quelques Éden, lettres à ma fille*. Éditions des Innocents. Achevé d'imprimer chez Bussière, à Saint-Amand-Montrond dans le Cher en janvier 1956.

Guillaume était intarissable sur cet auteur à peu près inconnu, comme sur tout ce qu'il découvrait à son sujet et qui le nourrissait, le faisait accéder à des mondes nouveaux qui le transportaient. Je l'écoutais en silence, d'une oreille parfois attentive, parfois distraite, questionnant, pour le simple plaisir de voir son visage, ses yeux s'éclairer, de sentir cette passion du vivant animer son corps déjà fatigué.

L'auteur était l'écrivain d'un seul livre, ce qui le rendait particulièrement énigmatique et précieux à ses yeux. Tout donner, en une fois, et puis le silence. Révéré, vénéré par quelques poignées de lecteurs pour qui il avait compté, de ceux qui se comprennent rien qu'en prononçant son nom, puis l'oubli. Le vent qui passe sur le sable du désert.

De lui, Guillaume savait tout, c'est-à-dire les quelques traces biographiques reproduites à l'infini sur les sites Internet ou les blogs qui lui consacraient un article.

Un enfant du XXe siècle, vingt ans au Front populaire, vécu dans un enthousiasme fraternel refroidi par un milieu familial fait de bergères Louis XVI estampillées. D'armoires débordantes de draps monogrammés, initiales entrelacées, cousus et ornés par des orphelines maigrichonnes tenues au fond d'un couvent, et qui avaient ordre de manifester là, en milliers de coups d'aiguille surveillés de près, assises à la fenêtre jusqu'à la tombée du jour, leur reconnaissance envers les notables bienfaiteurs de leur institution, pour lesquels on leur demandait aussi de prier chaque dimanche.

Et plus tard la guerre en pleine face, même en zone libre, la sidération, quelques messages passés à la Résistance au nord de la Loire, mais rien d'héroïque non plus, pas les maquis du Vercors, n'exagérons pas.

Et contre toute attente chez cet enfant presque sage, autour de ses vingt ans, la rupture, la fuite, tout pour éviter de reprendre l'entreprise familiale de courtage en vins de Bordeaux et de mettre ses pas dans un destin écrit d'avance. Tu seras marchand, mon fils. Des années sur la route, voyage à pied en Europe, vivres coupés et ponts rompus avec deux ou trois générations de Lancelle, atterrés que l'unique héritier d'un tel royaume puisse envisager autre chose et parte vaguer sur les routes comme un va-nu-pieds.

Il va gagner sa vie, comme on pouvait le faire alors, en prêtant ses bras, ses muscles pour les vendanges, les récoltes, pour rentrer du fourrage, panser des chevaux ou curer des canaux, et en s'endormant dans les granges, les reins rompus.

Les poumons abîmés au terme de quelques années de ce régime, à bout de forces, il revient la mort dans l'âme dans le giron familial. Le retour de l'enfant prodigue sera discret et se déroulera pendant de longs mois en sanatorium, pudiquement rebaptisé maison de convalescence par les Lancelle auprès de leurs connaissances. On n'en parle qu'à voix basse, le front soucieux. La maison de courtage lui tend toujours les bras, il se résout à embrasser sa destinée et à accepter que l'entreprise devienne, enfin, Lancelle & Fils sur la plaque en laiton doré gravé apposée près de la porte et sur le papier à lettres.

Il travaille honnêtement et il s'ennuie, puis il faut croire qu'il se laisse un jour émouvoir par une héritière que l'on convie à prendre le thé avec trop de régularité pour que ce soit sans arrière-pensées. Il épouse donc Madeleine, la belle Madeleine au front haut, coupe à la garçonne et manières vives, dont la famille s'associe aux affaires avec un allant non dissimulé, et ainsi naît Charbeau, Lancelle & Fils, qui croît, embellit et agrandit ses bureaux. Il s'ennuie encore, entre les caisses de Cordeillan-Bages et celles de Château-Latour, entre les déjeuners, qui s'éternisent, côte de veau, tarte Tatin, café et armagnac. On peut imaginer que, dans son miroir, il cherche parfois, derrière le visage aux traits pleins du négociant cravaté, la trace du chien maigre aux poumons fatigués qui traînait naguère par les chemins creux.

Le couple donne naissance à une petite Emma, et il apparaît vite qu'elle sera une enfant *différente*, comme on ne disait pas encore. Un accouchement trop long, cordon enroulé autour du cou et césarienne décidée trop tard, pas assez d'oxygène, cerveau endommagé, mère exsangue. Peut-être faut-il voir là la source de la douleur et de l'électrochoc qui le rendront, paradoxalement, à la vie. Il semble qu'à ce moment, quelque chose s'inverse dans le couple, de façon tacite. Madeleine Lancelle, née Charbeau, fait sa place dans les bureaux et se montre femme d'affaires douée, audacieuse, séductrice pour la forme quand il le faut, et intraitable sur le fond. Bon sang ne saurait etc., se félicite Charbeau père, qui a toujours considéré son gendre avec scepticisme, et voit ici une raison suffisante de ne plus faire semblant de l'apprécier.

Madeleine s'épanouit dans le négoce des Graves et des Mouton Cadet, pendant que son mari s'invente des lignes de fuite avec la botanique et l'art des jardins. Et surtout, à la réprobation générale, il renvoie nurse et gouvernante pour se consacrer à Emma, l'enfant *retardée*, comme on disait à demi-mot. Il lui apprend à reconnaître les lettres de son nom à l'aide de cubes et de craies de couleur qui poudrent ses costumes, s'adapte à ses lenteurs, à ses gestes maladroits, sa démarche gauche, ses colères, son mutisme et ses éclats de rire soudains. Emma n'est heureuse que dehors, par tous les temps, son regard endormi s'illumine devant les pivoines, les iris, les primevères ou les jacinthes, devant les pins et les tilleuls de la propriété. Pieds nus sur l'herbe, elle semble alors accéder à une autre vie, un secret qu'ils partagent tous les deux.

Avec Emma, ou pour Emma, ou grâce à Emma, il repart sur les routes, tous deux en quête de jardins, d'espèces inconnues et de découvertes. La berline familiale a remplacé les jours de marche baluchon à l'épaule et on ne s'étonne plus, ici, de voir *Monsieur* toujours par monts et par vaux en compagnie de *Mademoiselle Emma.* Madeleine semble s'accommoder de cet étrange équilibre qui lui laisse les coudées franches derrière le bureau en acajou aux ornements de bronze, où elle tient la barre et n'a pas de comptes à rendre. C'est un affranchissement, une marge, des ouvertures qui élargissent le quotidien, peut-être une forme de bonheur qui lui permet de mettre à distance, quelques heures chaque jour, une maternité tragique.

Le couple se distend sans hostilité, l'un offrant finalement à l'autre des libertés inespérées. Chacun trouve son compte dans ces espaces et les apparences sont sauves, ce qui pour Charbeau père demeure l'essentiel. Que son gendre passe sa vie en promenade à jouer les bonnes d'enfant, voilà qui ne le réjouit guère, mais au moins les comptes de Charbeau, Lancelle & Fils engraissent à vue d'œil. Il adresse à peine la parole à ce gendre insaisissable, et ne contient son mépris que par égard pour sa fille unique, perle et diamant de sa vie.

Ce que nul ne sait, c'est qu'au cours de ces échappées, sur le tard, Julien va écrire. Des notes désordonnées, des mots, des impressions, des carnets de route, des tentatives timides, puis le trait s'affirme. Peu à peu, il trie, il corrige, il assemble et enterre tout cela dans un tiroir. La santé délicate d'Emma le préoccupe, la coqueluche a failli l'emporter ; avec Madeleine ils l'ont veillée jour et nuit, de peur que sa toux ne l'étouffe. Le couple se retrouve, puis reprend ses distances. L'entreprise qui semblait insubmersible connaît des turbulences, la concurrence arrive, sabre au clair et sans état d'âme ;

les viticulteurs en jouent, même si Charbeau, Lancelle & Fils reste une garantie d'excellence dans un entre-soi discret et patiné. Madeleine se bat, joue des coudes, reçoit, invite, lâche du lest quand il le faut et défend son affaire pied à pied, comprend qu'il faut oser et repenser un modèle assoupi qui a vécu. Julien va l'épauler un temps, avec loyauté, avant de se retirer de nouveau, la tempête passée.

Il semblerait que ce soit dans cette zone de turbulences, peut-être à l'occasion d'une réception dans le grand salon des Lancelle, sous les lustres en cristal de Bohème, que Julien croise la route d'un éditeur, connaissance de connaissance, en villégiature dans la région pour quelques jours, peut-être curieux des mœurs d'une certaine bourgeoisie d'affaires provinciale qui lui fournira matière à anecdotes irrésistibles lors de ses prochains dîners parisiens, là où l'on se sent l'arbitre de toutes les élégances. Et les vins sont exceptionnels, les cigares aussi. Alors…

Quoi qu'il en soit, il faut croire que ce personnage sut écouter, ou questionner, ou provoquer les confidences d'un époux un peu égaré, presque inutile et à peine décoratif. Peut-être une authentique vague de sympathie passa-t-elle entre le magnat des lettres et le fou de jardins. Assez du moins pour lui adresser par courrier quelques semaines plus tard un ensemble de feuilles dactylographiées serrées dans une chemise cartonnée.

Quelques Éden, lettres à ma fille vit le jour l'année suivante, avec un succès aussi vif que totalement inimaginable pour son auteur. Le très effacé Julien Lancelle connut donc son moment de gloire, une gloire certes discrète, modeste, à son image, davantage une reconnaissance, une attention, dont on ne sait trop comment il les reçut. Quelques rares photos, où il semble toujours en retrait, cherchant du corps et du regard une possible fuite, attestent ces moments qui l'ont cueilli comme neige au printemps.

Dans sa ville, dans son monde, les réactions furent contrastées, comme on dit. Du père Charbeau, qui frôla l'apoplexie derrière sa cravate trop serrée, à Madeleine, qui se mit à regarder son mari avec un mélange de stupéfaction et d'admiration. Quel être, insoupçonnable et inconnu, abritait donc l'enveloppe charnelle de son époux ? Dans quelles contrées, dans quelles absences vivait l'homme dormant à ses côtés dans le vaste lit en merisier ? Il y eut des courbettes (quand même, l'édition parisienne, ce n'était pas rien, même ici, et les articles dans *Le Figaro* non plus, même si l'on s'enthousiasma beaucoup moins pour l'élogieuse recension de *L'Humanité*), et des grincements de dents (oui, aussi).

Que lui, le perdant, l'héritier malgré lui, celui qui serait à la rue s'il n'avait rencontré une femme aussi exceptionnelle que Madeleine – la pauvre âme, pensez donc, avait-elle besoin de ça – se retrouve célébré dans les gazettes parisiennes, cela faisait beaucoup à accepter. On l'applaudit, du bout des doigts, on le félicite, du bout des lèvres, comme on salue le numéro d'un saltimbanque, admirable, tout à fait admirable, certes, mais à condition de ne pas l'avoir chez soi.

Madeleine était presque redevenue amoureuse, Emma souriait dans les jardins, peut-être Julien n'en avait-il jamais autant attendu de la vie.

Il n'écrira plus, comme ceux qui ont tout livré, tout offert dans un unique geste, sans avoir l'ambition de *faire écrivain*. Avec courtoisie et fermeté, il arrêtera de répondre aux sollicitations, aux courriers et continuera à regarder fleurir les espèces variées dans le jardin familial, les cris de joie d'Emma à la poursuite des papillons constituant sa récompense suprême.

Et comme pour les êtres qui ne cherchent pas à entretenir une gloire non sollicitée, ne sachant rien inventer d'excessif, de rare ou de scandaleux pour la prolonger, on perd peu à peu sa trace. Jusqu'à ce qu'un entrefilet annonce, bien des années plus tard, dans l'indifférence de tous, que la vie avait posé chez lui un point final et qu'il reposerait désormais auprès de ses arbres tant aimés.

C'est donc cet homme presque invisible que Guillaume avait pris pour héros. C'est ce livre, trouvé chez un bouquiniste du quai de la Tournelle entre les reproductions de cartes postales des années vingt et d'anciens numéros de *Paris Match*, qui l'avait révélé à lui-même.

C'est ce livre, dit, porté par ma propre voix, qu'il avait désiré comme ultime accompagnement. Et ce livre, il est là, dans ce sac à dos en nylon noir, avec sa couverture vert cyprès, et je l'emmène à l'autre bout de l'Europe pour m'en séparer.

De l'autre côté de la travée centrale, un jeune homme seul, dans un tee-shirt noir de rock métal, vient de s'assoupir. Dans le sommeil, il offre un visage d'enfant, lèvres légèrement entrouvertes, arc de Cupidon dessiné avec précision, à mille lieues des têtes de mort fleuries de roses rouges et des slogans en lettres gothiques qui épousent son torse. Son téléphone lui glisse des mains, il sursaute. Je sursaute aussi. J'étais loin.

La route creusée dans la montagne surplombe la mer. Le bus, vaisseau amiral, matrice de cette équipée, longe les premières villes de la Riviera italienne aux charmes désuets, Vintimille, Imperia, Alassio. Depuis longtemps, les images d'actualité ont remplacé le souvenir d'une *dolce vita* émaillée de cocktails en smokings et robes de soie sur des terrasses ouvrant sur la mer. À Vintimille, les vagues de migrants viennent se fracasser quotidiennement, on dort sous les ponts, dans les parkings, sur la plage, en espérant un jour franchir les Alpes. Demain. Après-demain. Un autre jour. Tant qu'on tiendra debout. Des mondes qui s'ignorent, en strates étanches. Enfin, Gênes, qui s'offre furtivement avec son port, l'ellipse de son pont qui s'élance au-dessus de la ville, avant de disparaître dans la confusion du lacis autoroutier.

Derrière moi, quelques rangées de sièges plus loin, on déballe de la nourriture, froissement de papier d'aluminium, sifflement de canettes décapsulées, je n'ai rien emporté, à part une banane et une madeleine sous plastique raflées au petit déjeuner. La faim attendra. Pour le moment, je me laisse bercer, je voudrais dormir, enveloppée dans mon écharpe, fermer les yeux et trouver le repos qui me fuit.

Milan, dimanche 25 et lundi 26 juin

Un peu avant d'arriver à Milan, alors qu'après Gênes le bus se dirige plein nord, je suis le trajet sur mon téléphone sorti de mon sac. Je dois réserver une chambre pour ce soir, et peut-être demain soir aussi, je voudrais une halte, une vraie, pas seulement une soirée et hop, debout, on enchaîne. Le départ que j'imaginais demain me semble impossible, je me voudrais pierre, rocher, quelque chose d'installé, d'immobile, de permanent, avant de partir encore.

Sur mon téléphone, j'ai supprimé toutes les messageries, les applications inutiles, tous ces fils invisibles et impérieux qui m'enserrent. Je fixe le point bleu qui indique ma position en progressant doucement au rythme de la route, j'élargis du doigt la carte et continue à fixer ce point quelque part au milieu de l'Europe, partie pour ce voyage décidé il y a quelques jours, comme une urgence impossible à différer.

Le point bleu me confirme que je suis déjà loin, mais ce n'est que le début. Je suis là, présente et perdue dans un réseau d'axes multiples, entourée de voyageurs inconnus aux buts inconnus, et ça ne m'importe guère, je me sens peu disponible, aucune envie d'engager un échange, une conversation.

La gare de Lampugnano ne diffère pas des autres gares routières, des lieux de transit hostiles, contondants, des lieux où le voyage est conçu de façon minimale, réduit à un trajet, un simple transport d'un point à un autre. Je me lève et me découvre courbaturée, il est temps de quitter le ventre de la grosse fourmi roulante, j'extrais mon sac de la cavité où tous les bagages s'entremêlent, il y a une planche de surf et un matelas d'enfant roulé, enveloppé dans un drap-housse imprimé de planètes et de fusées, et aussi une cage à oiseau vide avec son perchoir qui se balance comme un pendule affolé.

Un bus de ville me conduit au centre en une vingtaine de minutes, d'autres voyageurs font de même, trois jeunes filles qui parlent de façon fébrile, visages rapprochés, longs cheveux embrouillés, elles éclatent de rire en même temps, tête en arrière. Quelque chose de compact, de soudé, entre elles. Une force. Ensemble, à l'assaut.

Je vais jeter mon sac dans la chambre réservée pendant le voyage, peut-être dormir une heure, me doucher et aviser. Les jours sont longs, ce sont les plus longs de l'année, autour du solstice. On sautait autrefois au-dessus des braises, une fois les feux de la Saint-Jean consumés ; cela éloignait les maléfices, croyait-on. Pour les amoureux, c'était le gage que leur amour dure toute l'année. Et déjà, le cours de la lumière s'inverse.

L'hôtel me convient, assez central et raisonnablement propre, pas de boniment touristique ni de décoration superflue, il y a de quoi reposer et désaltérer le corps, une lampe de lecture correcte, une prise électrique pour mon chargeur, et un café à proximité pour le lendemain matin.

En milieu d'après-midi, je suis seule à me présenter au comptoir où un réceptionniste blasé me tend une carte magnétique aux inscriptions en partie effacées, puis un petit morceau de papier plastifié avec un code de quatre chiffres, si vous rentrez après 22 heures. *Altra cosa, signora ?* Le ton est sec, dissuasif, il craint peut-être que je réclame, sait-on jamais, des draps en satin, du champagne rosé, un léopard apprivoisé, ou quelque autre extravagante fantaisie. Ça tombe bien, je n'ai rien à demander. Je suis de passage. Le regard à peine croisé se tourne déjà vers le match diffusé par une télé sonore aux couleurs acides.

J'ai longuement frotté mon corps sous la douche, mon corps dansant des jours passés, mon corps courbaturé d'aujourd'hui, mon corps qui me porte, qui travaille, qui s'exerce, qui cherche, qui crée, qui se blesse, qui ne peut plus avancer, mon corps mémoire d'un autre corps qui ne me caressera plus, mon corps en deuil d'une absence. Mon corps qui crie le chagrin, la révolte, qui murmure au lit vide quand vais-je m'éveiller de ce vilain rêve, quand allons-nous rire à nouveau et nous aimer toujours ? Dis quand reviendras-tu ? Mais ce départ-là est sans retour.

À peine allongée sur le lit, je sombre, au réveil je ne sais plus. Cette chambre, cette ville, ce trajet. Que s'est-il passé ? Puis les pièces s'assemblent. Ça y est, je suis partie, je suis en route. J'ai passé une frontière, il y en aura encore deux autres. Et un jour il faudra rentrer. Je sursaute, tâte de façon compulsive mon sac à dos en nylon noir, sous mes doigts, le livre est toujours là. Son histoire me poursuit.

De ce que l'on comprend de la vie discrète de Julien Lancelle, ce serait une erreur de le réduire à un charmant promeneur, aimable et oisif, herborisant en chapeau de paille et costume de lin, sécateur à la main dans les allées de la propriété familiale. Il surprit son entourage.

Le couple n'eut pas d'autre enfant, sans que l'on sache si ce fut souhaité ou subi, aucune confidence n'émergea de quiconque sur ce sujet douloureux, les temps n'étant pas aux épanchements ni aux confessions de cet ordre. Les émotions, alors, ça s'entasse, ça s'empile, ça se terre, ça mine les cœurs, les estomacs, les reins, les vaisseaux et parfois ça implose, mais on se tait, on se tient. Le silence, vertu cardinale.

Une certitude : l'entreprise n'aurait pas d'héritier. On peut comprendre que la perspective d'une transmission, le jour venu, à un bataillon de neveux et cousins qui grattent à la porte depuis des années pour un strapontin au conseil d'administration laissait de marbre Julien et Madeleine.

Emma était à l'abri, c'était là leur hantise, toutes les dispositions financières et juridiques avaient été prises pour lui assurer un avenir convenable si elle venait à survivre à ses deux parents. Une fois tranquillisé à ce sujet, Julien se consacra à un autre projet. Il entreprit de mettre à la disposition des écoles de la commune une prairie inutilisée attenante à la propriété, séparée par un chemin communal et un bosquet d'arbres. Il y fit installer des serres, des ateliers couverts, des cabanes pour le matériel, il y traça des massifs de fleurs et d'herbes aromatiques et planta des arbres fruitiers. Dans cet espace concédé, il appartenait aux écoles de se répartir les temps et les lieux avec leurs classes pour herboriser, planter, biner, sarcler, récolter, observer les cycles de la nature et des saisons. Si cette initiative inattendue fut accueillie avec enthousiasme par les écoles de la commune, elle provoqua le scepticisme de son propre père et la fureur du père Charbeau, accusant son gendre d'être devenu un dangereux communiste, un agent à la solde de Moscou, un partageux couteau entre les dents, coupable de démembrer le patrimoine familial qu'il s'efforçait tant bien que mal de maintenir avec sa fille. Sinon, où en serait-on, n'est-ce pas... Qu'il ignorât l'existence même de ce morceau de prairie délaissé avant de connaître la teneur du projet ne fut pas un obstacle à sa bruyante indignation. Il y eut des déjeuners houleux, Madeleine fut prise à partie, saisie entre deux loyautés ; elle choisit de soutenir son mari et de raisonner son père. Allons, tout cela n'est peut-être pas si grave, non ?

La presse locale s'empara avec délices des rumeurs de désaccord familial, une pure friandise, une aubaine pour enfin s'immiscer dans la vie très secrète des notables locaux. On railla le saint Martin du cru, l'homme qui découpe ses terres comme le fit jadis le centurion romain avec son manteau, on ironisa sur l'écrivain qui s'inventait bienfaiteur pour la postérité et rêvait d'initier les jeunes générations aux merveilles de la nature ; on reconnut aussi que c'était une belle idée, et que les enfants des écoles en seraient les gagnants. Le vent de l'opinion tourna, Charbeau père fit contre mauvaise fortune bon cœur, allant même jusqu'à saluer publiquement *l'immense générosité* de son gendre, s'agitant dans tous ses cercles de relations pour faire de l'inauguration, entre députés et sénateurs du cru, l'un des sommets de sa vie sociale. Et si cela peut vous obliger, mon cher Julien, je peux prononcer quelques mots à votre place si vous le désirez, je sais combien cet exercice vous met à la torture.

Julien quant à lui multipliait les réunions de travail avec les écoles, la mairie, les paysagistes et les horticulteurs pour offrir une organisation pérenne à ce projet.

Les jardins écoliers virent le jour au printemps et durèrent une dizaine d'années, jusqu'à ce qu'élèves et enseignants se lassent au fil du temps des joies du grand air, des ampoules aux mains et des pieds dans la gadoue, et que les autorités académiques décrètent cette activité trop chronophage par rapport aux apprentissages sérieux qu'elles défendaient. La prairie, débarrassée de ses serres et de ses cabanes, redevint un verger sauvage pour la seule joie des abeilles et des lapins de garenne.

Guillaume ne se lassait pas de parler de cette vie, discrète et tragique, traversée d'éblouissement et de chagrin, d'énergie et de découragement. Julien Lancelle était l'homme qu'il aurait voulu serrer dans ses bras, et ce livre, c'était son feu, son lieu. Et il était là, avec moi.

J'ouvre les yeux et je réalise que pour la première fois depuis longtemps, j'ai dormi, vraiment dormi. Sommeil pesant, sans rêves, corps lourd, engourdi, réveillée par des portes qui claquent dans le couloir, par un couple qui attend l'ascenseur en parlant fort.

Autour de moi au pied du lit, les quelques affaires qui vont m'accompagner. Rien de trop. Rester léger. Léger, oui. Résister à la pesanteur.

Dehors il est déjà tard. J'ai avalé un espresso avec un de ces croissants enduits de sucre collant qui s'accroche aux doigts, je n'aime pas trop, mais ça ira. J'ai rendez-vous. Aux terrasses, c'est déjà l'heure du Spritz, avec ces verres ballon démesurés remplis de liquide orange fluo ; ils démultiplient l'espace des tables de leur répétition presque infinie.

Je passe sans m'attarder, sans me hâter non plus, je regarde ce décor comme si je le connaissais depuis toujours, sans indifférence ni curiosité particulière.

À l'entrée de la Pinacothèque Ambrosiana, un groupe de retraités anglais tente de s'expliquer, ils ont réservé en ligne pour seize personnes, alors que l'ordinateur n'en comptabilise que douze. Quatre évaporés, donc, avalés et retenus dans les arcanes d'une obscure billetterie en ligne. Pas question de payer de nouveau. L'affaire paraît sans solution, le ton monte. Le tourisme culturel se voit mis à rude épreuve. Profitant de la confusion du moment, je me faufile jusqu'au guichet et pose un billet sur le comptoir pour une entrée, un adulte, sans réduction, merci beaucoup, bonne journée. Les Anglais sont toujours là, en petit troupeau serré et vindicatif, je file, file et espère ne plus les entendre. Mon rendez-vous se limite à un seul tableau, quarante-six centimètres sur soixante-quatre virgule cinq, c'est pour lui que j'ai fait halte ici. Je n'en possède que la carte postale, je m'étais promis de le voir un jour « pour de vrai », et puis, c'était sur la route, enfin presque.

La corbeille de fruits est là, devant mes yeux. J'en connais chaque détail, mais ce que je vois est différent, couleur, matière, présence, relief. C'est l'émotion primitive, abrupte du face à face, de la rencontre frontale, œil et œuvre qui s'entrechoquent en oubliant tout le reste, discours, commentaires, bavardages. Deux présences, deux champs magnétiques et rien d'autre. Je cherche le détail qui m'obsède. Ces fruits parfaits, appétissants, suaves, sucrés, ces fruits qui commandent à la main de les saisir, aux lèvres de les déchirer, ces figues mûres, ces raisins blonds et violines, cette pomme et ces poires jaunes enroulées dans leur feuillage. Je cherche, je m'approche, autant que c'est possible sans attirer l'attention du gardien, et ça y est, il est bien là. Le trou de ver dans la pomme, la meurtrissure brune qui enserre la cavité creusée par l'insecte. L'apogée, la plénitude des fruits dans leur épanouissement parfait est menacé. Déjà attaqué, promis à la corruption.

Je regarde encore et découvre ce qui m'avait jusqu'alors échappé, un autre trou d'insecte, beaucoup plus petit, il n'a pas encore abîmé le fruit mais il est là, juste à côté, sur cette figue ouverte, éclatée, qu'il faudrait saisir avant qu'elle ne se gâte. Et ces quelques grains de raisins, au-dessus, presque flétris, ils vont contaminer l'ensemble de la grappe. Les feuillages qui entourent les figues sont en partie secs, racornis. La pleine maturité porte déjà son déclin, inscrit en elle depuis l'éclosion, comme dans tout organisme vivant. L'apogée, le zénith annoncent la chute. La peinture que je regarde, fascinée, avec la sidérante perfection du cannage de la corbeille, annonce une fin. La splendeur s'accompagne ici d'éphémère, la disparition est à venir. Le peintre a saisi ce moment où le cours des choses bascule, s'inverse, il l'a figé pour l'éternité.

Je recule devant l'intensité du trait du Caravage, devant cette apothéose vouée à la décomposition. Je me demande si on sent ainsi les choses, pour soi. La pleine possession de la vie, et la courbe déclinante. Je pense à Guillaume, à son appétit, à sa joie, à sa curiosité, et plus rien. Je suis prise d'étourdissement, émotion ou petit déjeuner insuffisant, je ne sais pas. Je quitte la pièce comme si on m'avait brûlée. Derrière moi, la rumeur du groupe de touristes anglais se fait entendre, je distingue des exclamations, des propos animés, les pas se rapprochent. Les âmes mortes égarées dans la billetterie ont dû finir par réapparaître. Je glisse en hâte vers la sortie.

Demain, je partirai.

Emma mon enfant, ma fille aux yeux de châtaigne et aux joues d'ivoire, mon arbrisseau, mon printemps, mon gouffre, Emma ma branche de corail, nous sommes allés au jardin ce matin, dans la lumière de cette matinée de la fin septembre. Opération de désherbage, pour laquelle tu m'assistes avec enthousiasme et gravité. Les feuilles ont rougi, jauni, elles ont bruni, leurs brillances se détachent sur le vert sombre des cèdres, tes joues fraîches ont pris des couleurs, elles sont luisantes de bruine.

Le travail nous attend, tu as enfilé tes bottes en caoutchouc vert, un peu trop grandes pour toi, mais tu n'en veux pas d'autres, et tu t'es armée de ton petit râteau en métal rouge vif, nous voici à pied d'œuvre, une belle équipe tous les deux.

Il faut éclaircir la menthe, aussi odorante qu'envahissante, arracher le séneçon, les pissenlits charnus, les chardons vigoureux, ramasser les fruits trop mûrs écrasés que se disputent quelques insectes, couper les roses fanées aux têtes trop lourdes ; les abeilles encore engourdies par le froid se déplient dans un vol paresseux.

Tu suis mes gestes et tu essaies de faire comme je te montre, dégager le pied des arbres des feuilles mortes avec le râteau, puis les rassembler en tas. Mais autre chose t'intéresse davantage, tu te mets soudain à courir vers le pignon de la maison, là où rougit une vigne vierge somptueuse et, accroupie, tu commences à choisir des feuilles tombées, beau tu murmures. Pendant ce temps, je m'affaire à arracher des mauvaises herbes qui racinent profond, je les secoue pour libérer la terre agglutinée à leur extrémité, je redresse à la bêche le contour d'un massif, du coin de l'œil je te regarde, tu continues à entasser dans ton tablier les feuilles qui te plaisent, nous les placerons tout à l'heure dans les gros dictionnaires du bureau, et après nous les fixerons sur les pages de ton herbier.

Le soir, en hiver, tu nous rejoins souvent au salon où nous lisons avant d'aller nous coucher, et tu veux que l'on feuillette ensemble ton album. Impérieuse, tu le poses sur nos genoux et tu attends.

Souvent, Madeleine découvre ta collection dans ces moments-là, je revois le dos de sa main glisser avec douceur sur ta joue, c'est très beau ma chérie, et nous échangeons un regard.

Pour l'heure, j'avise à terre un fruit saturé de guêpes occupées à festoyer, je pose la bêche et je cours vers toi, avant que tu ne poses la main dessus, j'écarte le fruit avec mon pied, je vérifie qu'il n'y en a pas d'autres à proximité, toi tu continues ta récolte de feuilles couleur de carmin et de safran, plus rien n'existe à tes yeux à ce moment.

Je me demande souvent, trop souvent, quelle main écartera de toi les dangers lorsque Madeleine et moi ne serons plus.

Mardi 27, de Milan à Mantoue

Lorsque je reprends la route, le ciel est haut, d'un bleu puissant, strié de longues traces cotonneuses. Retour à la gare routière, et embarquement pour Mantoue, petite étape. Ça me plaît, pour le moment, cet itinéraire en zigzag que j'ai tracé, loin de la logique du plus court chemin d'un point à un autre, au gré de quelques envies et de nos souvenirs. Mantoue, c'est le voyage que nous voulions faire. Je le ferai pour nous deux. Tu es avec moi de toute façon. Rien ne pourra m'enlever ça. Histoire de peau et de mémoire. Un vide, un creux rempli de souvenirs, de sensations, et ça se réveille aux moments les plus inattendus. Parfois heureux, parfois non. Des images que je fuis et d'autres que j'appelle, ou que je laisse venir sans les repousser.

Le paysage glisse devant mes yeux, tout s'enregistre et tout passe, quelques bribes, sédiments, éclats resteront et dessineront un jour la mémoire de ce voyage. Je laisse aller les paysages routiers, autoroutiers, semés d'entrepôts, de hangars, de constructions abandonnées, hérissées de treillis métalliques, un cheval parfois dans un champ, qui danse pour lui seul, ou chasse les mouches en cherchant l'ombre sous un arbre, des habitations en tous sens, posées en vrac, inachevées.

Je me dis que les souvenirs, c'est un peu comme ce papillon qui ressemble à une petite feuille sèche, invisible sur le sol, le bois, la pierre. Lorsqu'il s'ouvre, il dévoile un intérieur bleu de lapis-lazuli, marbré de jaune, offrande fugitive d'une merveille, puis il se referme, très vite, à nouveau insoupçonnable de beauté.

Je respire, longuement, profondément, étire mon corps dans l'espace contraint des sièges du bus. Je réveille mes articulations, chevilles, poignets, épaules, genoux, ce soir il faudra que je prenne un peu de temps dans la chambre où j'atterrirai. Le corps demande, surpris d'être délaissé depuis quelques jours, surtout après les semaines qui ont précédé le spectacle. Je l'ai mené à trop rude épreuve, mais c'est ainsi, il faut que je conduise tout à son point de rupture, histoire de me sentir en vie.

Pour le moment, c'est un vrai repos d'arrêter de décider, de trouver un équilibre entre ce que j'ai choisi et la façon de m'y rendre, ouverte à l'imprévu, aux lieux et aux visages, à ce qui peut surgir. Dehors, l'air chaud fait vibrer les champs ; à la prochaine halte, sur une aire d'autoroute, je retrouverai la chaleur sur la peau, avec le très peu d'air qu'il faudra recueillir comme une matière précieuse.

De l'autre côté de l'allée qui sépare les sièges, il y a cette famille embarquée en même temps que moi. Des Français, ils ne m'ont pas prêté attention, alors ils discutent sans gêne, c'est vif entre eux. Ils sont montés avec leurs vélos, leurs casques, leurs sacoches, plus une petite remorque pour le plus jeune des enfants, un garçon potelé de trois ou quatre ans, la petite fille doit avoir huit ou neuf ans, elle a son propre vélo.

Par bribes, je comprends qu'ils ont entrepris une traversée de l'Europe, depuis des semaines déjà, avec leur tente et leurs duvets, leurs gamelles et leurs vêtements. J'ai aperçu une guitare et un violon dans leurs bagages.

Le petit garçon réclame sa peluche, il geint, il semble exténué. Sa sœur vient de s'assoupir, la nuit a dû être difficile. Les parents se disputent à voix basse, il lui reproche de s'obstiner dans ce voyage trop éprouvant pour les enfants, trop spartiate, trop erratique, elle lui rappelle que c'est leur *projet familial*, leur rêve qui se réalise enfin, une chance pour tous les quatre, que les enfants en garderont des souvenirs extraordinaires, qu'il est important qu'ils vivent quelque chose de différent du monde qui leur est offert, elle parle des médias, de la nourriture industrielle, de pesticides, du climat, de la société de consommation, elle parle. Il secoue la tête sans rien dire, il sait probablement qu'il ne sert à rien de l'interrompre. Le petit garçon se lève et cherche les genoux de son père, il tend les bras pour qu'il le fasse grimper. Je veux rentrer à la maison, il pleure pour de bon maintenant. Le père l'installe sur lui et caresse ses cheveux, lui dépose sa peluche entre les bras. De ce que je comprends, ce bus représente une concession sur le trajet qu'ils se sont imposé, un repos, une facilité pour épargner aux enfants une étape sous la chaleur. La mère tend à la petite fille qui s'est réveillée un paquet de biscuits et une gourde en métal, elle lui dit d'attacher ses cheveux pour avoir moins chaud.

Je regarde ce couple dont je ne sais dire s'il est magnifique ou terrifiant, si ce voyage est une chance ou un calvaire pour les enfants, si ces parents sont inconscients ou merveilleux.

Tous deux s'enfoncent dans le silence, le profil doux et buté de la mère, son frisottis de cheveux sur le front mêlé de gouttes de transpiration, le visage du père avalé par une barbe de plusieurs jours, noire sur une peau très blanche. Je les observe du coin de l'œil, épouvantée et fascinée. Jusqu'à quel point faut-il embarquer ses proches dans une histoire qui n'est pas faite pour eux ? Qui écrit l'histoire commune, en fin de compte ?

Je m'agite un peu sur mon siège, un inconfort, une tension, j'attends la prochaine halte pour faire quelques pas. Mon sac à dos est posé près de moi, sur le siège resté libre. La forme rectangulaire du livre dessine ses angles droits sous le nylon noir. Il est là. L'objet du voyage. L'histoire de cette étrange traversée. C'est pour lui, à cause de lui, avec lui, que j'ai entrepris tout ça. Quelques centaines de grammes qui pèsent tant. Je vais le porter, le déposer. Le livrer et m'en délivrer. Il habite ma mémoire, c'est le plus important. L'objet, lui, doit maintenant trouver une autre place. C'est ce que je me dis depuis des mois. Un matin je me suis réveillée avec cette certitude. Alors, dès le spectacle terminé, en route.

Ni oubli, ni rejet. Tout est en moi. Ce livre, celui de la fin. J'ai lu, sa main piquée de cathéters dans la mienne, au bord du lit en métal aux rebords arrondis de plastique gris. Depuis un an, je n'ai pas pu le bouger, le toucher. Présence chargée, puissante, habitée, radioactive. Non, ni oubli ni rejet. Mais je dois vivre, maintenant.

Un jour, au cours d'une de mes interminables errances nocturnes sur le Net, à chercher je ne sais quoi, j'ai découvert l'existence d'un lieu étonnant. Celui qu'il me fallait. Je l'attendais. Il existe un musée étrange dans le monde, celui des relations brisées. Il se trouve à Zagreb.

Chacun peut y apporter un objet, une photo, un texte qui dit quelque chose d'une relation rompue, perdue, et c'est la somme de ces contributions qui constitue le musée. C'est un couple qui l'a créé après sa rupture, pour laisser quelque chose de leur histoire et inventer un lieu qui accueille la trace, le souvenir des amours d'inconnus, d'anonymes qui cherchent à laisser quelque part une empreinte de ce qu'ils ont vécu.

J'ai tellement aimé cette idée, je suis allée des dizaines de fois sur le site, j'ai regardé, j'ai lu. Il y a de tout, du banal, du quotidien, du beau, du drôle, du terrible, du tragique. La vie.

Un soir, alors que j'avais les yeux posés sur le livre, ça a été l'évidence. Il allait prendre place là-bas, auprès des autres.

J'avais trouvé le lieu pour l'accueillir. Laisser un écho de nos jours passés, les inscrire auprès d'autres feux consumés.

J'ai regardé, on peut contribuer en ligne et envoyer l'objet par la poste, ou envoyer une photo, un petit texte, mais ça ne me satisfait pas. Ce livre, je dois l'accompagner, aller le déposer moi-même là-bas, pas m'en débarrasser en le glissant dans une boîte à lettres. J'ai écrit, reçu une réponse, il suffira que je prenne rendez-vous quelques jours avant mon arrivée, et que je me présente à la personne dont on m'a indiqué le nom et le numéro de téléphone. Elle s'appelle Jasmina Damic. Ce sera elle le passeur.

J'ai sillonné Google Maps des heures et des jours, avec ses zones blanches et vert pâle, les taches et les courbes bleues des lacs et des rivières, les fines lignes parallèles des grands axes routiers. Une route s'est dessinée, à travers l'Italie où nous sommes tant allés, avec ce voyage qui nous restait à faire et que nous ne ferons pas. Alors j'ai tracé un itinéraire. Ce serait le mien.

Le trajet jusqu'à Mantoue est court, deux heures et demie, le bus passe par Crémone et je pense aux violons, aux luthiers, au bois roux, vernis, dont on fait des miracles, à l'arrondi parfait des formes, éclisses, volute, ouïes, je pense au frémissement brûlant du concerto de Tchaïkovski, et aussi aux airs entendus un soir dans un pub de Dublin. Le bus contourne la ville, je dois me contenter d'apercevoir la sortie autoroutière qui indique le centre, comme une brume accueillante, un lieu visité en rêve et aussitôt reconnu.

Les enfants à côté de moi sont réveillés, leurs parents ont toutes les peines à les empêcher de courir dans l'allée centrale. Leur mère s'était assoupie, bouche un peu ouverte. Elle a une bouche sensuelle, des lèvres bien dessinées, mais un front buté, et je la trouve antipathique, finalement. Son mari, ou compagnon, a pris un livre, un pavé tout corné en édition de poche, c'est peut-être le seul qu'il a pu emporter pour cette expédition. Je voudrais voir le titre, mais il est trop loin. Je pense à cette histoire du livre que l'on emporterait sur une île déserte, la question terrible qui ne se pose jamais dans la vie. Je voudrais savoir ce qu'il lit, quand même, entre ses deux enfants trop jeunes pour cette équipée, et cette compagne trop déterminée, dans quoi se réfugie-t-il ? *Guerre et Paix* ? *La Montagne magique* ? Une saga postapocalyptique ?

Le bus ralentit à l'entrée de la ville, le chauffeur s'énerve contre les travaux, il tape sur le volant, se lève, gesticule, prend les passagers à témoin, soupire avec bruit devant la déviation, les sens interdits, il lui faut faire un grand détour, impossible d'entrer en ville, de toute façon, avec cet énorme bus routier. À l'arrivée, la famille compte ses sacs, enfourche ses vélos, ajuste ses casques. Ils vont rejoindre Trieste, le but de leur voyage. Ils ne savent pas combien d'étapes leur seront nécessaires. Je me dis que je vais aussi m'arrêter à Trieste, mais j'espère ne pas les revoir. Le petit garçon me serre le cœur. Je lis un vrai désarroi dans ses yeux, un épuisement. J'attrape mon sac dans la soute et je pars à pied.

Ma fille chérie, ma fille différente, mon enfant fragile, mon enfant qui court dans les jardins, mon enfant qui caresse les fleurs, mon enfant pieds nus dans l'herbe, te voici, ravie et perdue, dans ce labyrinthe de buis et de troènes au parfum entêtant.

Tu te perds et tu cries, tes étranges cris, ceux que je sais être de joie, tu avances tout droit et tu ne comprends pas pourquoi le chemin s'arrête, avec ce muret végétal qui t'oblige à regarder ailleurs, à trouver une issue que tu finis par emprunter avec la même détermination, comme le petit cheval entêté que tu sais être parfois. Et soudain, le drame, ta démarche incertaine, tes jambes qui ne te portent pas assez, tu chutes sur le gravier et tu pleures, assise dans ta robe corolle.

Il faut alors te porter, te rassurer, essuyer le gravillon incrusté dans tes paumes, vérifier sur tes genoux l'ampleur des dégâts. Une fontaine proche permet de te nettoyer. Tout est parti, il ne faudra pas te torturer à la pince à épiler pour retirer ce qui aurait pu rester dans ta chair.

Au retour, ce sont quand même les grandes manœuvres, tout un cérémonial que tu surveilles avec attention entre tes larmes et tes hoquets, désinfectant, eau oxygénée qui mousse un peu sans piquer, puis une touche de mercurochrome pour cicatriser. Tu remarques qu'il est de la même couleur que la corolle de ta robe, et tu te mets à rire. Ton rire, mon Emma.

En ville, c'est la place aux Herbes qui m'attire, un peu en retrait, avec ses ocres et ses arcades. J'ai soif, je m'arrête à une fontaine, puis avise une terrasse. Entre deux pavés, soudain, la douleur. Vive, aiguë. La cheville. Je m'en veux de ce manque de vigilance, moi qui ai le pied si sûr, comme les petits ânes de montagne, les chevilles fermes, sèches, nettes, rompues à toutes les tortures. Il faut que je m'arrête, j'entoure ma cheville de l'écharpe trempée dans l'eau glacée de la fontaine. Retrouver mon souffle. La surprise m'a cueillie, plus encore que la douleur. Tant que les muscles sont chauds, je vais pouvoir marcher. À froid, la reprise sera difficile. Une angoisse me traverse, proche de la panique, et si je ne pouvais plus avancer, que je devais rester là, en attendant que ma cheville guérisse, et que ce voyage s'avère impossible, je n'ai pas pensé à ça, à une immobilisation forcée. Un élan arrêté. Cet élan en particulier. Pas question d'y voir un signe, une alerte, ou quoi que ce soit. La panique est là maintenant, quelque chose que je ne peux arrêter, l'envie de m'asseoir par terre et de pleurer, puis je m'oblige à respirer, je regarde la cheville enflée qui bleuit, je mets encore de l'eau glacée, je me dis que je m'arrêterai à la première pharmacie, vite une croix verte salvatrice, et du gel anesthésiant, peut-être une bande élastique, je suis prête à acheter la boutique pour pouvoir continuer. Pas question de rester là, encalminée, de demeurer le jouet d'une adversité qui se moque de moi.

À l'hôtel où je parviens à me traîner, j'étends ma jambe sur plusieurs oreillers superposés. Douche froide, ça mord encore. J'essaie de penser à autre chose, de couper le circuit de la douleur entre la tête et le corps, de trouver une dérivation. La télécommande sur la table de nuit me fournit l'illumination. Je vais me repaître d'images animées. Je voudrais que mon cerveau dépose les armes, l'espace de quelques heures.

Je découvre alors une étonnante émission de téléréalité autrichienne, tournée en plein Sud-Tyrol avec concours de jodel sur fond d'alpages, un éprouvant doublage espagnol d'*Autant en emporte le vent*, un documentaire islandais sur la migration des elfes avant la construction d'une autoroute, un autre sur la préservation des fous de Bassan en Gaspésie, ainsi que l'inusable rediffusion d'un antique talk-show d'Oprah Winfrey, en grande forme et imprimé panthère. Je ne sais pas ce qui est le plus terrible.

Je reste longtemps immergée dans cette dilatation du temps et de l'espace, dans ces mondes parallèles entrevus et aussitôt oubliés, qu'une simple pression sur la télécommande fait apparaître ou disparaître, dans un renouvellement sans fin, uniquement soumis à la chute ou au maintien de mon attention. Je suis spectatrice, voyeuse regardeuse, emportée loin de ma vie. Qui ne s'est jamais égaré dans ce monde ? Je n'offre à ces images qu'une conscience flottante, tranquillement passive, curieuse de tout, sensible à rien. Puis la douleur se calme, et je m'endors sans rêves.

Mon Emma qui sourit et qui chantonne, mon Emma qui fait tourner sa robe en riant, mon Emma innocente de la fureur du monde, nous voici arrivés dans le jardin japonais abrité par ce grand parc. Madeleine nous y a laissés le temps d'un rendez-vous d'affaires, il faut faire tourner la boutique, trouver de nouveaux clients, des idées pour convaincre, elle est très douée pour cela, ta mère, j'admire sa détermination, son énergie qu'elle habille de sourires sans rien perdre de son but, oui, je l'admire vraiment.

Ce jardin japonais, je te l'avais promis de longue date, mon Emma, et nous le découvrons ensemble. Depuis des semaines, je te parlais des plantes qu'on y trouve et de leurs vertus, lotus, cerisiers, bambous, érables, je te parlais de la fontaine odoshi en bambou, qui claque à intervalles réguliers dans une sonorité douce et boisée, elle écarte les hérons et les chats des carpes koï qui ondulent dans le bassin. Je te parlais du pont de bois à la balustrade teintée en rouge, qui marque le seuil entre le domaine des hommes et celui des dieux. Peut-être parlais-je seul, car je sais bien que tout ne pénétrera pas en toi, tu me regardes parler, capter ton attention et te montrer des images, et pendant ces moments-là, tu sembles heureuse et tout est bien.

Le jardin t'a ravie, ça a été notre récompense après une arrivée plus tardive que prévu, je t'ai portée pour la fin du trajet, mais aussitôt aperçu le petit pont rouge digne d'un jardin de poupées, ta fatigue, ta bouderie se sont envolées pour laisser place à cette lumière dans tes yeux qui est ma raison de vivre.

Tes cris d'excitation, ta façon de tirer le pan de ma veste pour me signifier ta hâte, tu as couru, à ta façon décidée et bancale, et j'ai couru derrière toi, de peur d'un obstacle devant tes pas, ou de te voir chuter dans le bassin aux nénuphars. L'eau t'attire de façon irrésistible, le spectacle des gouttes qui jaillissent de tes mains peut t'occuper des heures, je le sais.

Je t'ai laissée avancer la première sur les planches du pont, tu as hésité, et tu t'es lancée à pas menus, sourcils froncés en sentant un appui inhabituel sous tes pieds et en percevant l'eau en dessous. Te voici embarquée sur ce lien fragile entre deux lieux, deux rives, une passerelle entre deux mondes séparés par l'eau.

J'avais cherché mes mots, jusqu'à trouver ceux qui iraient peut-être jusqu'à toi. Entre ton monde et le nôtre, c'est ce petit pont fragile que je tente de faire tenir à chaque instant.

Tu m'as regardé et tu as dit peur, et puis tu t'es lancée. Tu vois, mon Emma, à toi seule tu conquiers des mondes.

Mardi 27, mercredi 28, Mantoue

C'est l'orage qui m'a réveillée. Une déchirure au milieu de la nuit, ces moments où l'on émerge en se demandant dans quel lit, dans quelle ville le sommeil nous a surpris. Un radeau sur une mer inconnue, ciel fendu en deux par le tracé fulgurant et précis des éclairs. Je me jette hors du lit et ma cheville à la douleur endormie se rappelle à moi, flash jusqu'au cerveau comme un autre éclair, elle fléchit lorsque mon pied touche le sol, je me rattrape à un dossier de chaise. Tout autour de moi, un bruit de cours d'eau furieux, de débordement, l'impression que les vitres vont éclater et que l'eau va envahir la chambre. L'orage est là, éclair et tonnerre ensemble, à peine une respiration les sépare.

Dans l'enfance, on m'avait appris à compter les secondes entre les deux pour évaluer la distance, j'ai oublié la technique précise, mais pas besoin, les éclairs blancs sont suivis d'un grondement qui semble ouvrir la terre sous mes pieds. Nuit de colère.

Je me recouche, en m'aidant des meubles pour ne pas poser le pied par terre, je m'assieds dans le lit, le dos calé par l'oreiller, et je me dis que c'est ça, ma vie, maintenant, des lieux inconnus, de la solitude et des orages. Plus une cheville tordue.

Je me suis rendormie, et réveillée tard. Il y a un arrêt de bus bruyant à l'aplomb de ma fenêtre, et ici un aspirateur qui cogne les murs, j'écoute ce qui arrive à moi en vagues sonores, puis me dirige vers la douche. C'est une bonne surprise qui m'attend. La cheville a dégonflé, elle a presque retrouvé sa couleur et sa taille initiales, les premiers pas que je tente sont plus faciles, j'ose à peine y croire. Doucement, il faut y aller doucement, ne pas brusquer ce corps qui se rebelle, qui lâche. Qui abandonne. De l'eau froide, encore, resserrer les tissus, stimuler le circuit veineux, et puis du gel, et cette bande élastique pas trop serrée que j'ai achetée.

Je me dis que j'ai dansé avec plus de mal que ça, alors ça ne va pas m'arrêter. Tout à l'heure, j'irai à mon rendez-vous, sinon cette halte, ce détour, ce serait pour rien, deux jours absurdes et c'est tout. Je suis venue voir ce qu'avec Guillaume nous nous étions promis de découvrir ensemble, j'y vais pour moi, pour nous, pour notre histoire qui vibre encore.

En ville, dans une rue passante, je me heurte presque à un homme que je n'avais pas vu, il me paraît plus vieux qu'il n'est, certainement, visage et corps lourds, blouson en jean malgré la chaleur. Ses mains sont comme des oiseaux, il crée des animaux, des fleurs, des figures abstraites en origami sur son stand improvisé, une planche jetée sur deux tréteaux, posée sur un coin de trottoir.

Sur le tissu de couleur sombre où il les présente, il aligne avec une concentration extrême les figures faites de papier de récupération, des livres, des magazines, des feuilles unies blanches ou de couleur, ou imprimées. Une petite armée inoffensive et légère, prête à s'envoler au moindre courant d'air. Je tends la main vers une guirlande d'oiseaux, des grues aux longues ailes blanches, retenues entre elles par une cordelette rouge. Elle me fait envie.

Vous connaissez la légende des mille grues, madame ? Non, je secoue la tête. Elle raconte qu'il faut plier mille grues, et les relier entre elles, en une année, pour offrir à quelqu'un un vœu de guérison, de bonheur, ou ce qu'on veut, avec une prière à chaque figure achevée. Elle ne peut avoir qu'un destinataire. C'est une œuvre d'amour et de patience. *Capisce, madam ?*

Aujourd'hui, au Japon, les gens les laissent pour accompagner un vœu, un message dans les jardins de prières, elles sont confiées aux soins du vent.

Je tends à l'homme un billet, il glisse la guirlande avec précaution dans une enveloppe de papier et me la tend. Je sens son regard sur moi, intense mais doux. Bonne chance, madame. Il faut croire aux vœux. Je souris un peu bêtement, par réflexe, sans répondre, je dis merci et je poursuis mon chemin. Il est trop tard pour les vœux, Guillaume, trop tard pour les grues, je ne savais pas, pour la légende.

Peut-être aurait-elle changé les choses, qui sait. Je t'aurais offert dix mille grues si j'avais pu.

Un flash. Je m'arrête au milieu du trottoir. L'idée, brusquement, je visualise une scène, des pliages répartis sur la scène, ou projetés sur un écran, je ne sais, ils auront leur place un jour. Nos corps pour les relier, pour raconter le vœu et l'histoire du vœu. Je n'en sais pas plus, mais je n'en ai pas fini avec ça. Une certitude.

Lorsque j'arrive au palais ducal, j'attends que le flux des visiteurs ralentisse, je m'en veux d'arriver si tard dans la journée, j'avais prévu d'y être à l'ouverture, en espérant devancer le flot, mais c'est raté. Impression fugitive de rejouer une même scène, après Milan, la femme esseulée face à la horde avide de culture, mais je ne suis rien de plus, rien de mieux, et ce moment est probablement aussi important pour eux que pour moi.

J'accède enfin à l'objet du désir, la Chambre des époux, et je ne vois plus personne, je n'entends plus personne, je suis happée par ce que je suis venue trouver. Au-dessus de ma tête, l'oculus avec ces nuages blancs, gonflés, rebondis sur un ciel vif, presque enfantins, inscrits dans un cercle bordé de feuillages, des putti dodus et des visages féminins souriants, qui semblent penchés sur une scène que nous ne pouvons qu'imaginer.

Un paon y est représenté, non en majesté, roue ocellée mêlée de bleu profond et de vert bronze, irisée, déployée large, mais une simple volaille debout, cou dressé, et un lourd pot de terre cuite, peint en équilibre instable sur le rebord de l'oculus. Tout est faux. Tout est saisissant de vérité, de profondeur. Totale illusion. Nous étions fascinés par les trompe-l'œil. Au point de les pister, lors de nos voyages. D'avoir acheté des livres, d'avoir multiplié les photos partout où nous en rencontrions. La beauté de l'illusion, notre amusement à nous laisser prendre par le jeu des reliefs ou des perspectives. La Chambre des époux manquait à notre collection. Pour nous deux, j'y suis allée. Parce que ce nom de Chambre des époux, même s'il semble peu vraisemblable que cette pièce ait été une chambre à coucher, nous interrogeait. Sur quelle scène invisible et heureuse sont penchés ces visages ?

Des angelots équilibristes aux cuisses et fesses plissées ponctuent le pourtour du cercle, petites ailes pointues accrochées au dos. Et cette femme noire, coiffée d'un turban rayé noir et blanc, qui est-elle ? Une esclave maure ramenée comme une marchandise vivante lors d'une expédition, au milieu des richesses exotiques d'un pays lointain ? La république de Venise comme celle de Gênes, richissimes puissances commerçantes et maritimes, ne sont pas loin. Tout circule, épices, vins, sel, soieries, damas, brocarts, coffres de pièces d'or, corps, tout se pèse, se vend, s'échange. Le souvenir d'Othello, le Maure de Venise, l'ancien esclave devenu général, se rappelle à nous.

Nous aimions ces énigmes, leur imaginer des commencements, des détours, des ruptures, des lignes de fuite, des portes entrouvertes sur d'autres histoires encore. Je suis au milieu de la chambre, le groupe qui m'entourait a poursuivi sa visite, quelques secondes pour moi seule, sous cet oculus miraculeux de beauté. Tu es avec moi, Guillaume, où que tu sois maintenant.

Nous sommes ensemble dans la Chambre des époux, et ce rêve-ci, je viens de le réaliser pour nous deux. Le voyage peut continuer.

Mon Emma, ma libellule, mon colibri, mon églantine, mon abeille, mon moineau, je te vois allongée dans l'ombre tiède des grands arbres, et je te regarde dormir. Tu t'es étendue sur la nappe dépliée sur l'herbe, à côté du panier du goûter, avec les fruits, le pichet de citronnade, le pain et la tablette de chocolat que tu as à moitié dévorée.

Emma gourmande, repue, endormie, la tête sur l'un des coussins rayés des fauteuils de jardin, je vois quelques gouttes de transpiration à l'ourlet de tes lèvres. L'après-midi avance déjà vers le soir, l'heure dorée approche. Je vais devoir te réveiller, sinon tu ne trouveras pas le sommeil cette nuit, mais je voudrais arrêter ce moment quelques instants encore.

J'ai chassé les mouches insistantes, elles ont fini par se lasser, maintenant c'est une colonne de fourmis déterminée qui s'approche du pain que je mets à l'écart ; à côté de toi s'étale ton chapeau de paille, celui que tu adores et que tu prends dès que nous allons dehors, quel que soit le temps, son ruban rouge serpente avec nonchalance sur la nappe, je le ramasse.

Ça y est, cette minuscule agitation a fini par t'éveiller, tu regardes autour de toi, un instant désorientée, et tu me vois. Ce qui t'intéresse, c'est la fourmi exploratrice de ton bras que tu suis du regard avec une évidente fascination.

Mon Emma, c'est toi qui m'aides à voir les choses, le sais-tu ? Je te rafraîchis le visage avec une serviette humide, je l'ai trempée dans le bol de glaçons fondus, j'essuie tes mains collantes de sueur et de citronnade. Viens mon Emma, viens, il est l'heure de rentrer.

Mercredi 28, de Mantoue à Trieste

Dans la chambre, j'ai tenté quelques exercices, quelques mouvements au sol, et debout, les mains appuyées sur le dossier d'une chaise. Cette discipline, même réduite au minimum, me tient, elle réveille mon corps, mon cerveau, tous mes sens. Je retrouve une verticalité. Ça remonte à l'enfance, et c'est resté, c'est mon socle. À dire vrai, je n'avais jamais fantasmé sur les photos ou les vidéos de jeunes danseuses en tutu de tulle rose et en chignon tiré sur les tempes. J'étais une enfant timide, j'ai poussé vite, trop vite, quelque chose du haricot vert, du ruban de guimauve. Une sorte d'invertébré, avec deux pieds pour mieux se marcher dessus. Ma mère m'avait inscrite au cours le plus près de chez nous, comme ça tu te tiendras droite, et puis tu verras, c'est joli. J'avais fait preuve d'un enthousiasme absolu au fil des cours, et aussi d'une certaine souplesse, d'une capacité à mémoriser dans mon corps les exercices, les pas, les sauts, les enchaînements, à les reproduire avec précision. J'étais légère et à peu près squelettique, hanches étroites, buste anémique, ça aidait. Alors entrée au conservatoire, concours d'entrée, concours de sortie, concours, auditions.

J'aimais ce défi à la pesanteur, avant tout. Et puis comme dans les belles histoires prometteuses, il y a souvent une vilaine fée qui transforme l'or en cendres. Je m'entraînais seule, dans le studio pas chauffé pendant les vacances scolaires, j'avais découvert comment entrer sans la clé. Ma professeure m'y a surprise, en caleçon de sport et sweat-shirt, pieds nus, cheveux lâchés, à dessiner à travers la salle des figures au sol et des enchaînements qui ne devaient rien au *Lac des cygnes*. Elle s'est figée, nous nous sommes regardées, je me souviens encore de son regard de banquise et de son sourire de Joker. Tu sors d'ici, et les cours avec moi, c'est fini. Tu n'as plus rien à faire ici. Je commençais depuis quelques mois à me rebeller contre la rigueur figée de ce qui était exigé, j'avais envie d'autre chose, plus libre, besoin de raconter une histoire vivante. Du fort, de l'éphémère, et pas de répéter sans fin des chorégraphies arrêtées pour les siècles des siècles. L'intuition que dans le fugace du mouvement se joue une part d'essentiel, une résistance à la disparition. Et la recherche d'une clarté, de l'écriture d'histoires que je n'osais pas dire avec les mots. Peut-être la vilaine fée du studio m'a-t-elle en fin de compte rendu le plus grand service qui soit : me restituer ma liberté. Mais à dix-sept ans, quand on a tout misé depuis l'enfance sur ce parcours, c'était surtout un rejet humiliant. Sans compter le choc pour mes parents. Qu'allais-je devenir ? Le petit soldat dansant s'était écroulé, rendu à lui-même. Il restait à savoir que faire de cette liberté.

J'ai erré, tourné, j'ai cherché, j'ai travaillé avec plusieurs compagnies, j'ai voyagé avec elles, connu le monde des tournées, des loges qui sentent la sueur, des bonnes et des mauvaises camarades, des amours passantes, des embrasements vite éteints, des fins de mois difficiles et de la rage au corps. Danser, raconter mes histoires.

Lorsque je danse, toujours je pense, dès les premières figures que mes pieds tracent au sol, à un *kolam*. C'est un art du fragile qui me bouleverse. En Inde du Sud, au lever du jour, parfois au crépuscule, les femmes dessinent sur le seuil de leurs maisons de mystérieuses figures géométriques dans un cercle, les *kolam*, à l'aide de poudre de riz et de poudres colorées. Ces figures font surgir un univers entier, précaire, dans sa beauté, sa complexité. C'est une façon d'accueillir le jour qui vient, un geste de bienvenue pour celui qui arrive, une espérance, chance et prospérité, rituel de protection. Elles nettoient le sol à grande eau pour effacer les traces de la veille, puis commencent par poser des points avec de la poudre blanche, qu'elles relient jusqu'à dessiner une sorte de mandala, de rosace qui s'enrichit ensuite d'autres motifs et de couleurs. C'est un geste ancestral, un geste destiné aux hommes comme aux dieux, les motifs se transmettent de mère en fille, de sœur en sœur. Tout au long du jour, les foulées des passants ou le vent les effacent. Elles recommencent le jour suivant, et le jour d'après. Danser est ma façon de dessiner un *kolam* quotidien, le mouvement à peine accompli s'efface et laisse place au suivant. La main, le corps tout entier font surgir une vie qui accueille le regard de ceux qui désirent y entrer. C'est un art de l'instant et de l'éternité. Chaque jour, écrire une nouvelle vie.

J'ai monté ma salle, en parallèle des spectacles, une grande pièce au fond d'une cour, des miroirs, un micro vestiaire, des lavabos et peu de chauffage. Un soir, après un spectacle, une mère est venue me voir avec son fils, un gamin de dix ans, diabétique, maladroit, avec du feu dans les yeux. Ça fait trois fois qu'il vient voir votre spectacle. Il voudrait suivre vos cours. Vous allez refuser mais nous nous sommes promis de venir vous le demander. Son regard à elle, direct et las. Son regard sur son gamin. Le regard du gamin. J'ai dit oui, sans réfléchir. En rentrant je me suis demandé dans quoi je m'embarquais. Trop tard. Yanis a été le premier de cette nouvelle famille. Il est toujours là. Quand je dois m'absenter, c'est lui qui relaie mon travail. Il a toujours ce feu dans les yeux. Sans élan, ne vivons-nous pas qu'à moitié ?

Pour eux tous, comme pour moi, la danse a été ce fil d'or qui répare les porcelaines brisées, en suturant la blessure pour créer autre chose, le même objet et pas tout à fait, abîmé et transfiguré. Repousser la fatalité, dompter la pesanteur. Danse !

Il est temps de repartir, de ramasser mes affaires, reboucler le sac, donner le coup d'œil circulaire habituel à la chambre et à la salle de bain, pas d'oubli. Gel douche, shampoing, bouteille d'eau, chargeur, et la porte se referme sur cette halte. L'impression d'entreprendre la suite d'un jeu de piste qui va me dérouter d'un moment à l'autre.

Des couples et des familles s'attardent au petit déjeuner, remplissent des assiettes qui devraient les rassasier pendant deux jours, j'ai juste avalé un café, une tartine, et je pars. J'ai bandé ma cheville, j'enlèverai l'élastique quand je serai dans le bus pour Trieste, un peu plus de quatre heures de trajet, mais tout de suite, il faut avancer. Marcher dans cette saison puissante, gorgée d'énergie, d'odeurs, de parfums, de couleurs saturées, d'une chaleur déjà installée qui cuit la terre, la peau. En moi c'est toujours l'hiver, je voudrais me laisser envahir et ça ne vient pas.

Dans le bus de ville qui me conduit à la gare routière, mon regard s'abandonne sur les ocres, les jaunes, les roses des immeubles et des maisons, de plus en plus abîmés à mesure que l'on s'éloigne du centre, avec les blocs des climatiseurs, les fils électriques, les antennes paraboliques accrochées sur les bâtiments, le linge sur les étendoirs aux fenêtres, les vélos sur les balcons. Ça vit, ici, et moi je ne vis plus. Une pensée me traverse, celle d'une étrange coutume qui m'avait tellement marquée, celle du retournement des morts, à Madagascar. Cinq à sept ans après un décès, les proches se retrouvent autour de la tombe et nettoient les os du défunt, les enveloppent dans un linge neuf, le remettent en terre et repartent en paix. Et si ce voyage ressemblait un peu à cela, Guillaume ?

Je n'ai pas le temps d'y penser davantage, le bus pour Trieste est prêt à partir, il n'est pas encore l'heure mais le chauffeur a hâte de prendre la route, je dois accélérer, et avec ma cheville, je peine plus que je ne le pensais. Encore une fois, mon bagage disparaît dans la soute et je me cherche une place près d'une fenêtre. J'ai la sensation d'avoir déjà fait cela mille fois. La climatisation marche mal, je transpire mais j'ai trouvé un espace à peu près confortable, j'ai de l'eau, ça ira. Je ne suis pas une aventurière de l'extrême égarée en plein désert, je voudrais simplement être transportée, regarder autour de moi et me laisser aller, doucement, dans cette bulle amniotique, une fois encore. Il y a quelque part une boucle à clore, et moi seule peux le faire, c'est une certitude.

Trieste m'attend et j'en suis impatiente. La ville est une des pages de notre mille-feuille mémoriel. Nous l'avions découverte, arpentée, aimée, laissée et retrouvée, tu y seras avec moi. Une vieille femme, quelques rangs devant, de l'autre côté de l'allée, jambes serrées dans des bas opaques, bras croisés sur un gilet en maille noir, égrène un chapelet aux grains de nacre reliés par une chaînette ternie ; seuls ses doigts, secs comme des sarments, ses lèvres, remuent. Nous cherchons tous une consolation, un printemps, une raison de nous lever, une rencontre à venir, un émerveillement, une douceur, un battement de cœur plus fort. Cette litanie de prières est peut-être la seule douceur de sa vie, comment savoir ?

Le bus passe par Vérone, la ville des éternels amants. Je me souviens m'y être arrêtée, il y a bien longtemps, dans une autre vie, avec un autre amour, il avait tenu à me montrer le fameux balcon, celui de Juliette. Rien n'atteste qu'il fut celui-ci, on s'arrange avec nos fantasmes, et comme dans *Liberty Valance*, on imprime la légende. Je n'avais pas été touchée par ce petit encorbellement de pierre sous lequel se massaient des centaines de visiteurs, smartphones et perches à selfie déployées, et je m'étais souvenue que Shakespeare n'avait jamais mis les pieds à Vérone. Oui, imprimons la légende et laissons le temps faire le reste.

Je tente d'étendre ma jambe le plus loin possible sous le siège avant, ma cheville me lance, même si elle a bien dégonflé. Un jeune couple équipé de monstrueux sacs à dos vient de monter à l'arrêt de Vérone. Elle semble frêle pour son barda, malgré son short militaire kaki à poches multiples et son air décidé. Il la débarrasse de son sac et s'occupe de les ranger dans la soute. Puis il la rejoint et ils prennent place côte à côte, elle ne tarde pas à s'assoupir sur son épaule. Pas besoin du balcon de Juliette. Combien de jours de ma propre vie serai-je prête à vendre au diable pour retrouver quelques instants cette même sensation auprès de toi ?

Le bus contourne Padoue, j'ai hésité à y faire halte, et j'y ai renoncé, l'envie n'était pas assez forte. Une autre fois, ou dans une autre vie. Jamais, très certainement. Alors que le bus négocie une série de ronds-points avec une étonnante souplesse, je repense à ce petit livre lu il y a longtemps, *Quelques cafés italiens*, un texte raffiné, précieux, où j'avais découvert le *Caffè Pedrocchi* de Padoue, l'un de ces lieux où l'on a refait le monde ou préparé une révolution sous les moulures et les miroirs pendant des siècles, frère du *Florian* de Venise ou de l'*Antico Caffè Greco* de Rome. Il y a peu, j'ai voulu relire ce livre, mais sa magie avait fui, je n'y trouvais plus ma place, alors je l'ai refermé et je me suis contentée du souvenir heureux qu'il m'évoquait.

D'autres cafés m'attendent à Trieste, de ceux où nous avions passé du temps, lors de plusieurs séjours. Nous avions aimé cette ville des confins et des marges, des frontières mouvantes, déplacées d'un trait de plume au gré de traités de paix signés sur de longues estrades, ville des identités et des langues multiples, témoin d'un empire disparu et aujourd'hui italienne, avec sa place qui s'ouvre sur la mer et son château de sucre blanc au bout du *lungomare*, avec ses canaux et le souvenir des écrivains qui l'ont hantée, écrite. Nous l'avions aimée, rêvant d'y retourner pour éprouver sur nos peaux la *bora*, ce vent insensé qui descend des montagnes slovènes et qui emporte tout dans son souffle glacé.

Pour la première fois peut-être depuis mon départ, il me semble que je me détends, avec mon sac à dos de petite tortue errante, dans cette itinérance le nez collé à la vitre du bus, à tout embrasser du regard, à me remplir de visages et de paysages. Je me rends compte que j'ai peu de courage, peu d'allant pour la rencontre, pour parler, même pour les quelques mots qui brisent l'espace entre deux êtres, j'essaie, mais c'est encore difficile.

Pas loin de moi, je regarde ce garçon monté à l'arrêt de Vérone, à Porta Nuova. Je ne sais quel âge lui donner, autour de la vingtaine peut-être, il y a quelque chose d'encore adolescent en lui, quelques cicatrices d'acné sur le visage. Il a des faux cils et de l'ombre à paupières chocolatée irisée, un trait de crayon noir sous les yeux, il agite nerveusement un éventail en plastique. Je regarde ses ongles, démesurés et vernis d'un mélange de jaune et de vert. Que de mondes en lui… Un jean et un tee-shirt blanc immaculé, à ses pieds les lanières d'un sac à dos, comme des serpents autour de ses chevilles. Puis il se met à écrire avec frénésie sur son téléphone, le pose, le reprend, j'imagine qu'il attend une réponse. Il écrit encore. Une ombre de tristesse sur son visage. J'ai l'impression qu'il va pleurer. Il agite son éventail plus vite encore, comme pour dissuader les larmes de vouloir couler. Il me fait une peine immense. Je ne sais pourquoi.

Nous passons au large de Venise, fantasme autant que cité. Pas envie d'y faire halte, le réel y a massacré le rêve. J'aime y songer, appeler avec douceur quelques souvenirs à venir me visiter, m'y déplacer en pensée, errer dans le quartier des Giardini ou prendre le bateau pour Torcello en longeant l'île cimetière San Michele. Revivre ce moment où l'on découvre le Grand Canal à la sortie de la gare de Santa-Lucia, et où l'on ne sait plus si on est sur terre ou sur l'eau.

Je ne m'y arrêterai pas, je redoute l'odeur lourde de l'eau à cette époque de l'année, une odeur de tristesse et de mort, poisseuse, qui colle à l'âme et à la peau. Je n'ai pas envie d'être confrontée aux kilomètres de masques de carnaval et aux perles de verre fabriquées à l'autre bout du monde. Pas maintenant.

Je ne désire pas ces eaux lentes, ni la beauté insupportable et abîmée, insupportable parce que blessée, la splendeur et la chute, ni l'image figée d'un rêve, ni la ferveur destructrice de la foule à laquelle je ne veux plus prendre part. Je ne veux pas ajouter mon souffle, mon haleine, mon poids, mes pas à un monde clos, saturé, qui s'enivre de lui-même et prostitue ses merveilles. Venise cuisses ouvertes, dentelles déchirées, ivre et hilare, sublime et défaite, livrée aux marchands, alors que tout ici fait défaillir de beauté. Nous éviterons Venise.

Je garde en moi le frisson sur ma peau, à l'intérieur du poignet, le long de la veine, lorsque tu prenais ma main au détour d'une place découverte par hasard. La mémoire est enfer et refuge, dans ses frontières poreuses et imprévisibles avec le réel. Je ne veux rien décider, contrôler, pour le moment. Avancer sur le fil de cet étrange voyage, seule issue et seule destination pour moi.

Nous contournons Venise par une large courbe, je ne peux n'empêcher de suivre le trajet sur mon téléphone, et cette courbe aboutira à Trieste. Le chauffeur a mis la radio, c'est un festival d'inusables chansons italiennes, *L'Italiano*, *Volare* et autres classiques des années quatre-vingt. J'ai hâte d'arriver et de sentir la mer au bord de la piazza de l'Unita, de regarder les bateaux et de m'asseoir sur un banc sans bouger. Avec toi, Guillaume. Et faire de nos blessures un royaume.

Je sursaute. À côté de moi, sur la toile bordeaux du siège vide, un scarabée vient de se poser. D'où vient-il, je ne l'ai pas vu arriver. Il commence l'exploration minutieuse d'une bretelle de mon sac à dos. Moi qui crains les insectes, les pattes comme les ailes, je le regarde, subjuguée. Un rayon de lumière éclaire son dos d'un vert mordoré, c'est une couleur insensée, métallisée, brillante et lisse. Je me demande comment tant de beauté a pu être déposée sur une si minuscule surface, et je crois me souvenir qu'il était un symbole sacré dans l'Égypte ancienne, un signe de renouvellement, de renaissance. Peut-être ce que nous nommons par commodité un porte-bonheur. Étrangeté du monde, où s'enlacent les tragédies et les émerveillements, enfants martyrisés et retour des hirondelles dans le même nid chaque printemps.

Je le regarde poursuivre son exploration de la surface en nylon, j'imagine qu'à son échelle ça doit représenter une chaîne de montagnes, un continent. Il s'arrête, la forme de son dos se modifie légèrement, se soulève, il déplie ses ailes et s'envole, je le retrouve sur mon genou, où il s'immobilise. Je n'ose plus bouger. Nous faisons route un moment comme ça, et soudain il n'est plus là. Une onde de douceur, de paix m'envahit, pour la première fois depuis longtemps.

Emma, ma lenteur et mon tourbillon, ma joie et mon tourment, ma fille amoureuse des arbres et des papillons, te souviens-tu, nous avions visité tous les trois ce merveilleux jardin blanc et, à l'hôtel, nous avions fait la connaissance d'un jeune couple, ils avaient un garçon de ton âge, Paul me semble-t-il, mais qu'importe.

Dans cette Angleterre frisquette où nous étions allés passer quelques jours à la découverte de jardins, il y avait eu ce rapprochement involontaire de ceux qui se trouvent par hasard dans un ascenseur et découvrent, le temps de descendre trois étages, qu'ils partagent la même nationalité. Ils ne se recherchent pas, loin de là, mais cela crée une proximité immédiate, involontaire, une espèce de complicité qu'on trouverait gênante chez soi.

Réserve courtoise donc, signes de tête, sourire discret, et puis une vague onde de sympathie, renforcée par la présence d'enfants d'âge similaire.

Une sortie commune avait été envisagée pour le lendemain, malgré les réticences de Madeleine, c'est moi qui avais insisté. C'est bien pour Emma, avais-je avancé, qu'elle joue avec d'autres enfants, elle ne connaît quasiment que nous !

Et puis l'embarras du couple, une gêne immense pour eux, qui m'a blessé pour toi, qui m'a peiné pour Madeleine. Et l'étourdissante splendeur du jardin blanc. Oui, splendeur, et rien d'autre. Tu cours avec cette maladresse à laquelle je ne prends plus garde, tu me parles dans ta langue que je comprends à demi-mot, mais le jeune couple est confronté à quelque chose de dérangeant dans cette idyllique journée de vacances. Tu es différente, Emma, parfois je l'oublie.

Le déjeuner fut une épreuve. D'excitation, Emma, tu renverses ton verre d'eau. Madeleine coupe ta viande en menues bouchées, pour que tu ne t'étouffes pas, notre hantise, elle t'aide à planter ta fourchette et à la porter à ta bouche, puis à l'essuyer.

Ce qui fait notre quotidien terrifie ce couple, je m'en veux de leur avoir imposé ce moment, ils vivent un martyre, ne savent que dire, qu'inventer, la conversation est un supplice, plus personne n'a envie de faire semblant, je leur en veux de si peu de générosité. Emma répète beau, tout blanc, avec un éclat dans les yeux qui me serre le cœur autant qu'il me ravit.

D'un accord tacite, nous nous séparons pour l'après-midi, nous nous retrouverons pour partager le taxi commandé en commun.

Je sens Madeleine loin, très loin dans son chagrin de mère, elle m'en veut de lui imposer cela, ce rappel brutal que nous ne vivrons jamais « comme les autres », ce sont des épées de douleur qui la déchirent, et c'est ma faute. Lorsque je tente de prendre sa main, elle repousse mon bras, sans brusquerie, sans violence. J'aurais préféré. Rarement je me suis senti aussi seul.

À l'hôtel, en arrivant, Madeleine a demandé la note. Le lendemain, après le petit déjeuner, une voiture nous attendait pour nous reconduire à la gare. Le merveilleux jardin blanc garde en moi une saveur bien amère.

Trieste. J'y suis, enfin. Sur la place de l'Unita, on y respire l'eau, la mer, le vent, les bateaux. Le bâtiment des Assicurazioni Generali domine toujours la place de sa pesanteur habsbourgeoise, on est en Italie, mais à peine, ici. Dans les rues, je m'attarde sur les noms des boutiques, les plaques des médecins, les sonnettes d'immeubles, toutes les sonorités de la *mitteleuropa* et de l'Italie sont là, enlacées, entremêlées, indissociables.

Mes pas me mènent au *Caffè San Marco*, patiné de jaune et de bois sombre. C'est devenu *place to be*, référencé Tripadvisor et homologué parmi les « 10 choses à voir à Trieste » sur mille sites et blogs de voyage. C'est vrai, mais on voudrait être seul à posséder cette information et à rêver d'y croiser l'écrivain Claudio Magris, qu'on n'oserait pas aborder, bien sûr. Il y a maintenant une librairie dans le café, et on vous sert des cappuccinos agrémentés d'un cœur dessiné dans la mousse de lait, on a visiblement embauché un *barista* de compétition. Je ne sais pas si j'ai envie de ça. Je me contente d'un café et d'un *apfelstrudel*, qui arrive artistiquement saupoudré de sucre glace et décoré d'une trace de caramel liquide ondulant sur les bords de l'assiette. Je demeure sceptique. Très vite je repars marcher vers les canaux.

Je m'arrête un instant pour regarder le détail d'une façade. Derrière moi, surprise, une jeune fille me bouscule et jette quelques mots que je ne comprends pas mais dont je devine le sens. Elle s'éloigne rapidement, mais j'ai le temps de voir à son épaule un sac en tissu imprimé d'une reproduction de la célèbre *Grande Vague de Kanagawa*, d'Hokusai. Le sac tangue à son épaule, comme si la vague s'était mise d'elle-même en mouvement, toujours prête à submerger la barque légère et ses rameurs. Reproduite à l'infini sur tous les supports, soumise à toutes les interprétations et détournements possibles, cette estampe me fascine. Je me dis qu'elle est certainement l'une des œuvres d'art les plus universellement partagées, et avec le visage d'effroi du *Cri* de Munch, elles sont les deux seules, de toute l'histoire de l'art, me semble-t-il, à être reproduites en émojis dans nos téléphones. Plus fort que Mona Lisa ou la Marilyn d'Andy Warhol. Sur ce dessin, l'issue semble fatale, la vague va dévorer la frêle embarcation, sous l'œil indifférent d'un éternel mont Fuji en arrière-plan. Les éclats d'écume rugissante ressemblent à des griffes, des serres, et le creux de la vague va se refermer sur les mariniers qui continuent à souquer avec l'énergie du désespoir. Pourtant, et peut-être est-ce là l'une des raisons de cet engouement universel, on ne peut s'empêcher d'espérer.

La scène est celle de l'instant d'avant le naufrage, il est annoncé, les lois évidentes de la physique écrivent l'écrasement du flot contre la barque qui va être réduite, dans quelques instants, à une poignée de fétus de bois éparpillés, mais cela, nous ne le voyons pas. Alors peut-être le miracle est-il encore possible. Comme dans nos vies, lorsque, à terre, nous cherchons encore appui pour nous relever, malgré tout. La jeune fille et son sac ont disparu depuis longtemps, je n'ai pas bougé du trottoir, et je ne sais plus quel était le détail de la façade qui m'avait arrêtée.

J'ai envie d'un verre ce soir, et aussi de manger quelque chose, la faim revient, envie de quelque chose de simple, qui tienne, qui remplisse, d'un verre, ou deux, ou davantage, qui m'accorderont cette érosion des arêtes tranchantes du monde que l'alcool sait trop bien procurer. Et marcher, marcher. Je veux caresser le visage du sphinx en marbre rose du parc de Miramare, le regarder fixer l'horizon depuis des siècles, et voir la mer à travers les grands cyprès noirs. Je veux faire un vœu lorsque ma main se posera sur le marbre réchauffé par le soleil. Que jamais ne ralentissent mes battements de cœur lorsque je penserai à toi.

Mon Emma qui pleure pour un soulier égaré, mon hirondelle qui rit sous l'orage, ma douce qui réclame des friandises, tu m'as demandé ce matin une partie de cueillette. Comment te refuser ce plaisir ? Le carré de fraises derrière la maison n'espérait que toi.

Nous avons attendu que cesse la petite pluie matinale qui s'était installée et, dès le retour du soleil, nous avons rejoint ce carré délimité et quadrillé de planches de bois brut pour faciliter son entretien. Je ne sais si c'est vraiment utile, mais tu aimes arpenter ce petit chemin, mon Emma.

Tu t'impatientes depuis un moment déjà, tu m'attends dans l'entrée dans ta robe bleue sans manches parcourue d'un volant en bas, Madeleine t'a donné ton panier en osier tressé et tu le serres contre ton cœur, tu as réclamé ton chapeau de paille avec son ruban rouge décoloré par le soleil. Tu t'es assise sur le coffre bas de l'entrée, jambes ballantes. Tu m'attends. Puis tu me vois descendre l'escalier en hâte pour te rejoindre, tu te lèves d'un bond maladroit, soudain le panier t'encombre, tu me le tends à bout de bras en criant fraises ! de ta voix qui saute dans les aigus.

Le carré planté de gariguettes déborde de fruits mûrs, il est temps de s'en occuper. En dessert, nous aurons des tartes, des fraises à la crème, des fraises au vin, et ce sera le temps des confitures pour les jours froids à venir.

Nous voici accroupis côte à côte sur le chemin de planches, je te montre comment dégager les feuilles et cueillir le fruit sans l'arracher ou le blesser. C'est un geste difficile pour toi, ça te demande des efforts de précision inhabituels, un peu comme les puzzles que nous assemblons le soir, de grandes pièces en bois, colorées, vives, joyeuses, où tu t'émerveilles, lorsque nous avons terminé, de reconnaître un animal familier, ou une girafe, une voiture ou une coccinelle. Ton rire heureux est la seule musique que je désire, mon Emma.

Les fraises sont toutes petites, tu as du mal à les saisir, cachées sous l'éventail vert vif de leurs feuilles, alors tu t'appliques, un moment, puis tu t'énerves, parfois j'en retire une de ton panier, et je te montre, elle est trop verte encore, ou à moitié dévorée par les fourmis et les limaces.

Tu t'appliques un moment encore, toi qui virevoltes d'une chose à l'autre en quelques instants. Tout à l'heure, nous irons les laver ensemble, les débarrasser de leurs miettes de terre sèche, puis nous les déposerons dans le grand plat blanc et, ce midi, nous t'applaudirons d'avoir préparé le dessert.

Depuis tout à l'heure, je vois tes doigts qui courent de plus en plus vite, tu as gagné en précision, en concentration. Une joie, une fierté m'envahit le cœur. Je suis un père heureux.

Mercredi 28, jeudi 29, Trieste

Misère. Effroi. Nuit blanche, à trembler. J'ai marché tard, très tard, hier soir, j'ai voulu être avec la nuit, comme on suit le courant d'une rivière sur une barque, un canoë, je me suis réchauffée au feu des conversations autour de moi, au feu des vies alentour, à en être envahie, saturée.

La rue de mon hôtel était sombre, un peu excentrée, lorsque j'y suis retournée, il y avait trois types devant l'entrée, j'ai fouillé mon sac pour retrouver le petit papier avec le code de la porte, ils se sont approchés, ont commencé à m'entourer, je n'avais pas voulu penser à ça, au danger, j'ai l'habitude de sortir, de rentrer, la nuit ne m'inquiète pas, mes cours, mes répétitions, c'est le soir, je n'ai pas peur.

Ils m'ont encerclée, je voyais leurs tee-shirts à un mètre de moi, je ne comprenais pas ce qu'ils disaient entre eux. La peur de les voir s'engouffrer avec moi dans le hall si j'ouvrais, j'ai voulu faire demi-tour, très vite, avant d'être paralysée par la peur et collée au sol.

J'ai serré mon sac contre moi et tenté de passer entre eux de façon décidée, je sentais leur sueur alcoolisée, un bras a attrapé le mien, toucher tiède, collant, brutal, j'ai crié, j'ai couru, au bout de la rue des voitures passaient, il fallait que j'arrive là-bas. J'ai couru, et arrivée au bout, ma cheville a lâché, je me suis écroulée sur le capot d'une voiture qui a freiné brusquement.

Le conducteur est descendu, la femme à côté de lui a ouvert sa vitre. J'ai essayé d'expliquer. J'ai demandé si on pouvait m'accompagner, que je puisse rentrer de façon sûre, rien d'autre. J'ai montré la rue derrière moi, j'ai dit c'est tout près, s'il vous plaît, j'ai peur.

Il a regardé autour de lui, et puis OK, montez. Je me suis glissée sur le siège arrière, la jeune femme ne me parle pas, elle questionne son compagnon, je ne comprends pas. Arrivés devant l'hôtel, les types ne sont plus là. Le conducteur a laissé le moteur en marche, il est descendu, m'a regardée composer mon code, me faufiler dans le sas d'entrée et refermer derrière moi. Je remercie, un geste de la main, derrière la porte vitrée, merci, encore. J'ai couru à ma chambre, claqué la porte. Glissé une chaise sous la poignée.

Et je me suis effondrée.

La nuit a été longue, cœur emmuré, corps épuisé, à bout de souffle, j'ai cru que les lueurs du matin n'arriveraient jamais, puis j'ai fini par entendre le cri d'un oiseau, c'était la fin de la nuit, le bleu de l'aube, j'ai pensé que j'étais sauvée. Sur moi la sale odeur de la peur, une transpiration aigre, puante. Je ne tiens plus rien dans mes mains, que de l'eau, du sable. Trop de chagrin. Ce qui me déchire me prouve que j'existe encore, c'est ma consolation. Depuis, j'ai cherché la vie, des yeux, des lèvres, à mains nues, à mémoire vive. Et j'ai dansé. Je ne sais plus si je peux encore. On ne peut pas raconter l'immensité d'un désarroi. Pourquoi vivons-nous parfois si loin de nos vies ?

Je passe les doigts dans mes cheveux, je soulève la masse, pour atteindre le cuir chevelu. Elle est là. Ma cicatrice. Je la suis du doigt. Longue, profonde, elle part de la nuque et passe au-dessus de l'oreille gauche, je sens le fin bourrelet de chair, la rencontre des deux berges de la blessure. Mais quelle blessure ? Je n'en ai aucun souvenir. Je devais être enfant. Chute dans l'escalier ? Sur une pierre dans le jardin ? En jouant ? Un accident ? Autre chose ? Impossible d'apprendre quoi que ce soit auprès de mes parents. Cela remonte au temps d'avant la mémoire, sinon j'en aurais le souvenir, vu la taille de la blessure. Ça a dû être impressionnant, surtout sur un très jeune enfant. Je pense aux légendes familiales, ces histoires qu'on ressort inlassablement, parce qu'on les trouve drôles, irrésistibles aux yeux de ceux qui les rappellent, même si elles s'avèrent le plus souvent sans intérêt et gênantes, et puis je pense à ce qu'on tait. Pourquoi ce silence ? Culpabilité de n'avoir su empêcher cet accident, ou de l'avoir provoqué, comment savoir ? Désir d'oublier la peur éprouvée ou l'inquiétude ? Tu ne racontais rien, maman. Tes lèvres souriantes et closes.

Lorsque je suis fatiguée, je sens un tiraillement de la peau le long de la cicatrice, je ne sais si c'est réel ou imaginaire. Le souvenir d'une blessure sans mémoire. Lorsque j'allais chez le coiffeur, j'étais chaque fois interrogée. Un jour je n'ai plus voulu entendre cette question, parce que je n'avais pas de réponse. J'ai arrêté d'aller chez le coiffeur. Une amie coupe de temps en temps mes vilaines pointes d'un geste sûr, et sans curiosité à ce sujet, je lui en sais gré. Ça me suffit. En cas d'angoisse, je cherche cette marque sous mes cheveux et je la suis du doigt, longuement, doucement, ça m'apaise, de voyager le long de cette ligne suturée, réparée, comme un cours d'eau secret qui serpente dans ma chevelure. Mon souffle retrouvé dans la tempête du monde.

Cela me coûte, mais je m'efforce de sortir, de renouer avec cette ville tant aimée qui se retourne contre moi, qui m'échappe, me blesse.

La lumière du plein jour a effacé les ombres nocturnes, l'entrée de l'hôtel, la petite rue où il se trouve, il ne reste rien de la panique de cette nuit, je reconnais à peine les lieux.

J'avance vers la place, vers la mer, là où je peux respirer. J'ai le corps noué, la cheville que je sens fragile, je n'éprouve plus la sérénité d'hier, je ne sais plus pourquoi je suis ici.

Dans une rue, un institut de beauté affiche ses tarifs sur une pancarte posée sur le trottoir. Massages. À côté des prix, la photo des épaules d'une jeune femme, avec des mains délicates posées sur elles. Une orchidée dans un vase, et tout autour, des flacons de crèmes, d'huiles, tout le décor ritualisé des soins de bien-être. Ce n'est pas mon habitude, je me refuse ces douceurs. Et pourtant, j'entre dans le salon en montrant l'affiche. Maintenant ? La jeune femme au maquillage impeccable, blouse blanche de fantaisie, regarde le cahier des rendez-vous, laisse descendre son stylo au fil des heures de la journée. Tout de suite alors, si vous voulez.

Éponge épaisse, huiles essentielles, lumière douce, je me retrouve nue, enveloppée de blanc, je suis allongée sur une table et je me demande si j'ai bien fait. Mais qu'est-ce qui m'a pris ? Et puis ça cède, sous les mains qui vont chercher chaque parcelle du corps, ça lâche. J'étouffe les larmes dans le linge où je plonge le visage. Tout va bien, madame ? Oui, oui, ça va, merci.

Depuis combien de temps ai-je oublié que j'ai un corps ? Pas seulement un corps qui crée, qui s'échauffe, qui répète, qui s'astreint, qui se brûle. Depuis combien de temps n'ai-je pas reçu de douceur sur ma peau ? Depuis le départ de Guillaume, il y a eu des hommes, dans l'urgence, dans une nécessité sans gloire. Apaiser, résoudre une tension. Mais ne me touche pas, ne m'embrasse pas, ne me caresse pas. Fais-moi jouir, vite, fort, et va-t'en, s'il te plaît. Ne me demande rien et ne m'en veux pas. Je n'ai rien de plus à t'offrir.

La jeune femme aux traits lisses qui fait descendre ses mains le long de mon dos respecte mon silence. Sous ses doigts, j'ai la sensation que le ciel s'ouvre entre deux nuages. Les nœuds trouvent une résolution. Ses mains lisent un corps épuisé.

Lorsqu'elle a fini, elle tente quelques mots, je comprends qu'elle me trouve très musclée, ça l'étonne, ce n'est pas fréquent. Je sors mon téléphone et lui montre un court extrait vidéo du dernier spectacle, où l'on me voit avec netteté. Son visage s'éclaire. Elle me demande mon nom, le note sur un post-it vert fluo posé à côté du cahier de rendez-vous. Elle lève le pouce et dessine un cœur avec ses doigts.

J'ai payé pour être touchée. Pour être caressée. J'ai payé pour de l'attention, pour des mains sur ma peau J'ai honte, malgré la sensation de béatitude que j'éprouve. Avant de partir, je lui demande son prénom. Elle s'appelle Livia.

Emma mon enfant qui console sa poupée, Emma ma fille fragile, ma fille légère comme une chanson, c'est l'abbaye Saint-André qui nous accueille aujourd'hui, avec ses jardins, une escapade que je vous avais proposée à Madeleine et à toi, pour ce dimanche de juin déjà bien installé dans l'été. Ta mère est lasse, ma chérie, je ne sais plus chasser les ombres sur son visage, ni comment lisser le pli soucieux qui a pris place entre ses yeux. Je crains de ne plus savoir la faire sourire. Je ne suis plus son magicien.

Elle me laisse parfois venir encore jusqu'à elle, ma main descend le long de son dos, parfois elle trouve le sommeil sur mon épaule, mais ces moments deviennent rares.

L'entreprise la passionne et lui pèse, elle s'y épanouit autant qu'elle s'y épuise, je prends sur moi ce que je peux, sans goût aucun, mais cela n'a pas d'importance, j'essaie d'être un commandant en second honorable, je sais que je n'ai ni la capacité ni l'envie d'être davantage.

Tous deux, nous tenons comme nous pouvons dans des vies qui ne ressemblent pas à nos rêves, mais qui ne sont ni naufrage ni misère, soyons assez honnêtes pour le reconnaître. J'ai fini par apprivoiser la mienne, et cela grâce à toi, Emma.

Nous avons découvert ici un vaste jardin aromatique et médicinal, qui s'ouvre au regard sitôt franchies les arcades du cloître, avec un puits en fer forgé au milieu, et des oliviers en pots aux troncs torturés qui se détachent sur la brique rouge des murs.

Sous la rigueur de son organisation, le jardin est foisonnant. Tu t'es arrêtée devant les lavandes mauves. Sent bon, maman, sent bon. Entre tes doigts, une grappe bleue égrenée que tu lui tends. Sent bon. Tu plonges ton visage dans tes mains comme si tu voulais les dévorer, et ta mère fait de même en imitant ton geste pour te faire sourire plus encore. L'idée de planter un tel massif devant la porte de notre maison me traverse. Qu'en penses-tu, Emma, tu m'aideras ? Nos pas nous mènent vers les parterres de thym, de romarin, c'est ce dernier qui a ta préférence. Puis tu t'échappes et tu retournes aux lavandes, les abeilles y sont à l'œuvre, je me souviens alors que les moines ont installé des ruches et proposent leur miel aux visiteurs.

Tu t'accroupis au pied de la masse bleutée et tu t'immobilises. Abeilles, papa, abeilles. Tu les observes, fascinée par leur activité incessante. Tu les observes, alourdies de pollen, se déplacer d'une grappe à l'autre. Jamais je ne t'ai vue si longtemps immobile. Puis tu tends un doigt vers moi, triomphante. L'une d'entre elles s'y est posée. Déjà je m'apprête à la chasser. Puis je m'immobilise à mon tour. Tu la regardes en souriant, j'ai le souffle retenu, partagé entre la crainte de te voir piquée et mon envie de suspendre ce moment de grâce.

L'abeille prend son temps, puis finit par s'envoler avec douceur, tu la suis des yeux, elle se pose sur des fleurs orangées, un peu plus loin. De la main, tu lui fais un geste d'au revoir. Tu apprivoises les abeilles, mon Emma, et les oiseaux viennent à toi. Tu es mon miracle.

C'est vers le parc de Miramare que je me dirige, après avoir hésité à la perspective de la longue marche à entreprendre, mais l'envie est plus forte, c'est elle qui met le corps en mouvement. Je veux revoir le sphinx de marbre rose qui contemple la mer, je veux toucher ses contours émoussés, son corps massif, assoupi, je veux sentir la chaleur sur la pierre, le caresser comme un animal familier, je veux lui demander ce qu'il regarde, au loin, de ses yeux de pierre qui ont vu défiler les siècles, je veux lui demander ce qu'il sait de la peine des hommes, du temps qui nous porte et qui nous broie, des espoirs qui nous soulèvent et de nos abandons, je veux qu'il me raconte le vent et les marées, le jour qui se lève et le soleil qui tombe au soir, j'ai besoin de lui.

Je suis rentrée tôt à l'hôtel, malgré la douceur de la soirée, malgré la lune pleine qui promet une lumière blanche sur la ville toute la nuit. Pas envie de revivre la terreur d'hier, et je me sens vidée, rompue. Au seuil du sommeil, un souvenir vient me visiter. C'était ici. Il y a combien d'années, avec toi ? La nuit des étoiles filantes, *la notte di san Lorenzo*, un peu avant la mi-août. Nous étions montés sur les hauts de Trieste, à Opicina, à la frontière slovène, pour trouver un ciel dégagé. Nous les avions guettées, les *stelle cadente*, – en italien on les dit tombantes et non filantes –, je préfère, cela nous laisse l'espoir d'en trouver une à terre. Et nous les avions vues, le souffle suspendu, blottis l'un contre l'autre dans la fraîcheur de la nuit triestine. D'où viennent-elles ? Où vont-elles ? Offrande d'un inexplicable miracle au cœur de l'été. Le sommeil tarde à venir, trop de sensations, de souvenirs se mêlent. Ça tangue fort, très fort, je cherche ce qui peut me sauver maintenant.

Il faudrait savoir garder à distance les souvenirs, les considérer comme des étoiles, lumineuses, lointaines, mais ça ne marche pas comme ça. Comme Icare, ce que nous voulons, c'est nous approcher le plus possible de ce qui réchauffe, de ce qui illumine, de ce qui éblouit. Et la colle de nos ailes ne tient pas. Ce soir, ma dernière nuit italienne. Demain, l'ultime frontière de ce périple.

Mon Emma qui court à ma rencontre lorsque j'arrive, mon Emma qui danse sous la pluie et dévore les flocons de neige, nous avons ce matin posé nos pas dans un grand jardin, un parc à l'anglaise, nous avons accompagné du regard le mouvement des cimes d'arbres immenses sous le vent, tu t'es mise à courir en voyant tout cet espace devant toi, ta course bizarre, tes talons ramenés sur les fesses, et cette torsion de tout ton corps, à la limite de la rupture, à chaque instant.

Nous avons arpenté, chacun à notre façon, la pelouse épaisse et souple sous les pieds, contourné des massifs dessinés de façon ample, généreuse, et, au détour de l'un d'eux, je te vois t'arrêter, tu t'accroupis, tu saisis quelque chose que tu lances en l'air des deux mains, ça retombe, tu recommences.

Quelque chose m'inquiète, je presse le pas. C'est un oiseau mort que tu as trouvé et que tu tentes de faire voler, il me semble que c'est un martinet, ou une hirondelle au ventre blanc. Je t'écarte en hâte, et tu t'énerves.

Pas voler, pas voler, tu es en colère, je sais que les larmes ne sont pas loin. Viens, Emma, il ne peut plus voler. Viens. J'essuie tes mains avec un mouchoir, je voudrais trouver un point d'eau pour les laver avant que tu ne les portes à ta bouche.

Vite, il faut détourner ton attention, trouver un jeu, une comptine, quelque chose. Un vol de martinets fend le ciel à cet instant dans une stridence puissante. Tu tends le bras vers eux. Voler, papa. L'oiseau mort est oublié, je tente d'aplanir les pierres sous tes pas, c'est tout ce que je veux faire de ma vie.

Tu aimes les oiseaux, je te les montre dans notre jardin, et, dans un grand livre illustré, souvent nous jouons à les reconnaître. Tu connais les mésanges, les rouges-gorges, les piverts, les merles, les pies qui te terrorisent, les tourterelles, les hirondelles, tu sais qu'il ne faut pas bouger pour les surprendre.

C'est toi, un doigt sur les lèvres, qui me les montres derrière la vitre quand nous sommes à la maison.

Nous nous apprêtons à rentrer, tu as beaucoup marché, je vois combien tu as du mal à ramener ta jambe gauche à chaque pas, et tu t'appuies à mon bras de tout ton poids de moineau.

Et puis tu aperçois le massif où tu t'es arrêtée tout à l'heure, tu me le montres du doigt. Pas voler, papa, pas voler.

C'est moi qui presse le pas maintenant.

Jeudi 29, de Trieste à Zagreb

Je suis prête depuis longtemps quand il est l'heure de partir, d'aller prendre le bus pour Zagreb, l'exercice m'est familier maintenant, même si les lieux changent. Je laisse Trieste derrière moi sans regret.

Le bus se remplit très vite, des jeunes, étudiants, campeurs, des quantités de matériel dans la soute, ils voyagent par petits groupes, ou par couples, ils s'interpellent, plaisantent, prennent des photos, j'essaie de trouver une place tranquille mais tout est plein, je pose mon sac en nylon à mes pieds. Mon voisin est un jeune homme roux vêtu d'un tee-shirt kaki, on dirait un sous-bois en automne, un écureuil dans un jardin, il y a de la douceur dans ses gestes posés, presque méticuleux, nous cherchons l'un comme l'autre à respecter nos espaces, aussi réduits soient-ils. Je ferme les yeux sans dormir. Je redoute la dernière étape du voyage. Il va falloir se confronter au but de ce périple.

La géographie des lieux se modifie, l'autoroute traverse de longues forêts, la lumière a du mal à s'y frayer un chemin, je regarde les indications, les noms sur les panneaux, nous sommes entrés dans une autre langue, dans un autre monde, je n'ai plus de repères, je vois que nous contournons Ljubljana par le nord, le point bleu sur mon téléphone me rassure sur ma présence, c'est bien moi ce petit cercle sur la carte, on avance.

Je somnole, engourdie, et ce sont les mains de Livia qui sont là, ce déchiffrage du corps, à l'aveugle, je ne sais rien de toi mais je devine tout, repose-toi un peu, aime-toi un peu.

Des mains de Livia je glisse dans l'océan, un souvenir d'enfance atlantique. Je nage avec ma sœur, nos parents autour de nous, nous sommes loin du bord, il faut aller d'une bouée jaune à une autre, puis une autre encore, revenir.

L'eau est froide mais nous sommes habituées, le mouvement des vagues nous soulève à intervalles plus ou moins réguliers, parfois le vent écorche l'eau et on boit la tasse en crachant, l'eau salée dans la gorge nous fait grimacer, tant pis, il faut continuer, garde ton souffle, regarde devant toi, allonge les bras, il faut s'adapter au courant, parfois porteur, parfois contre nous, il y a toujours un sens plus facile, mais pas question de s'arrêter.

Je revois nos parents, bons nageurs, pratiquer dans ces moments cette nage que plus personne n'utilise, pourtant si efficace, l'indienne, cette sorte de brasse de côté, avec un bras qui chasse l'eau comme une pagaie, ça avance, ça glisse, ils nous surveillent mieux ainsi, chacun d'un côté, ils nous entourent et surveillent notre avancée nautique, comme deux dauphins, ou deux chiens de berger. Je ne sais pas pourquoi cette image m'arrive maintenant, tout est imprévisible dans l'irruption des souvenirs, des sensations, de la caresse ou de la déchirure qu'ils vont laisser, je m'abandonne à cette nage océane, aux éclats d'eau salée sur les lèvres, à mes bras qui vont chercher l'eau, loin devant, et encore, et encore. Je n'ai pas pied, l'eau est froide mais je suis bien, j'ai deux dauphins autour de moi qui veillent, il ne peut rien m'arriver. Ce devrait être ça l'enfance, et rien d'autre.

Emma qui court et qui tombe, Emma ma nuit la plus sombre, Emma mon nuage, Emma mon soleil, tu passes et repasses la paume de ta main sur les semis d'aneth et de coriandre que nous avions mis à germer dans de petits godets en métal, de jeunes pousses affleurent, vert vif. Tu les caresses, doux, papa, doux.

C'est un grand jour. Ensemble nous allons les déposer en pleine terre, dans le petit espace bêché derrière la cuisine. Je te laisse déposer les pots sur le plateau de notre vieille brouette en bois, je te montre comment les porter et les installer sur les planches blanchies disjointes. Quelques allers-retours et nous y sommes. Tu me suis, je fais bien attention à ne rien renverser, je ne suis pas très adroit avec cette brouette d'un autre âge que je n'ai pourtant jamais songé à remplacer.

Avec une petite pelle, je te montre comment creuser des espaces pour accueillir les semis dans la terre tiède. Je te montre comment retourner le godet et libérer les pousses fragiles, les déposer dans le creux puis tasser la terre autour. Depuis toujours, je demeure émerveillé par la capacité du végétal à avancer, à se réparer, par le cours de la vie souterraine, invisible, puis hésitante, obstinée, libre, fragile, somptueuse, déclinante. Mondes clos et ouverts, lisibles et énigmatiques. Ce qu'il faut de travail et d'abandon, de maîtrise et de laisser-vivre. Laisser s'épouser l'obscur des racines et la légèreté de ce qui traverse l'air.

Tu as du mal avec ces gestes, je vois que ce n'est pas un bon jour pour toi. Tu t'arrêtes et je te sais prête à pleurer. Ai-je manqué de patience ? Une intonation trop vive ? Tes perceptions sont mystérieuses, il faut arrêter, ou trouver quelque chose d'autre.

Je me vois aidé par deux lombrics brun-rose que nous avons dérangés. Je te les montre du doigt, tu avances le visage avec prudence, curieuse et un peu dégoûtée. Je t'explique qu'ils sont très utiles, ils aident la terre à respirer, et j'accélère notre séquence, je dépose les semis, tu veux bien m'aider à tasser la terre autour du bout des doigts, puis je trouve enfin quelque chose d'extraordinaire à te proposer.

Viens, on va leur donner à boire. L'arrosoir est l'un de tes jouets préférés, jamais tu ne te lasses du bruit de l'eau qui gicle sur les parois en fer-blanc. La pomme percée de mille petits trous libère une pluie fine qui vient désaltérer notre travail. En quelques minutes, tu es inondée, heureuse et trempée. Viens, on rentre, on ira les voir demain, on verra s'ils ont grandi, tu veux ? Grandi, tu répètes. De joie, tu sautilles sur place, je retiens d'un bras ton équilibre précaire. Je ne veux pas gâcher ce moment.

Nous finissons par atteindre Zagreb, impression d'entrer dans un autre univers. Autre climat, autre musique, et demain, ce rendez-vous. Je malaxe le post-it sur lequel j'ai noté le nom et le téléphone de mon contact. Jasmina Damic. Je pense à Aladin et au parfum du jasmin, c'est doux comme prénom, alors que le nom claque comme une gifle. J'ai vérifié dix fois dans mon téléphone son mail de confirmation. Tout se tend, se resserre autour d'un seul nom et d'une adresse.

Je suis arrivée trop tôt pour déjà rejoindre l'hôtel que j'ai réservé hier. Pour la première fois depuis le départ, un hôtel agréable m'attend, du charme vieille Europe, des boiseries vernies et des lustres à pampilles, des nappes en tissu et de la porcelaine blanche et or, et surtout une proposition au tarif irrésistible sur Internet. Je vérifie mes comptes, le cachet des cinq représentions n'a pas encore été versé, je bricole avec des virements depuis mon compte d'épargne, j'angoisse. Je me dis qu'on va me démasquer, avec mon vieux bagage roulant et mon sac à dos en nylon, que je n'ai rien à faire ici, que ce n'est pas pour moi, toute une cohorte de pensées coupables qui chahutent lorsque je sors ma carte de crédit pour le dépôt de garantie demandé à la réception. Ils ne voient pas que j'ai peur, que je meurs de peur en pensant à demain. *Welcome, madam. Whishing you a pleasant stay. If there is anything we can do for you...*

Je remercie d'un battement de paupières, façon dame blasée qui n'a pas de temps à perdre avec ces paroles creuses mais reste courtoise en permettant au réceptionniste de tenir son rôle. Le vernis est mince, s'ils savaient.

Ma chambre donne sur une belle avenue et, en face, il y a un parc, avec de longues allées et des arbres immenses. Le centre-ville est au bout, c'est facile. J'irai tout à l'heure.

Le temps d'arrêter une climatisation agressive et de retrouver ma respiration.

Une fois encore, je constate mon incapacité à *profiter* des choses. Je n'aime pas ce mot, qui me fait penser à profiteur, rapace, voleur. Aujourd'hui c'est l'un de ces mots qu'on se jette au visage dès que quelqu'un vous parle de son prochain week-end, de sa séance de cinéma ou de son restaurant à venir, profite, profite, profitez bien, comme s'il fallait prendre d'urgence une revanche sur les choses, faire rendre au monde ce qu'il peut nous donner, gratter la bête jusqu'à l'os. Allez, donne.

J'aurais pu *profiter* de la baignoire spacieuse, du linge de toilette moelleux, du plateau de courtoisie joliment garni, j'aurais pu. Mais non, quelque chose d'autre me dit que je dois aller rencontrer la ville, le monde, une tension dans le ventre, dans le corps, allez, remets tes chaussures et sors, va voir la vie.

Quelques dizaines de mètres plus loin, je m'arrête dans un café. Une espèce de snack où l'on vend à manger, à boire, dans un décor sans grâce, mais j'ai faim, une fringale, d'un coup. La serveuse s'approche et me questionne du regard, je fais un signe pour demander la carte, j'ignore ce que je peux demander, et puis je ne me souviens plus du reste.

Lorsque je reprends conscience, je suis assise dehors, le dos contre la vitrine, une grande bouteille d'eau à côté de moi, j'ai le visage et les cheveux humides. La serveuse s'accroupit près de moi, elle me tend des serviettes en papier imbibées d'eau. *Too hot, must drink.*

Une flèche dans le cœur, soudain. Mon sac, le livre. C'est à côté de moi, j'ai le bras glissé dans une des brides. Soulagement.

La femme me regarde, écarte de mes yeux une mèche, tapote mon visage, mon cou, avec les serviettes humides. *OK now ? Must rest.* Elle me tend une canette de coca que je n'avais pas vue, la décapsule et me la tend. *Sugar. Slowly.* Je commence à refaire surface, je vois les arbres du parc, en face, leur vert foisonnant, les gens qui s'y promènent, les enfants en tricycle. La femme qui me tend le soda est entre deux âges, je ne saurais dire, un visage marqué, avec des yeux très clairs soulignés de noir, des cheveux teints, brun-rouge, aux racines visibles sur plusieurs centimètres, elle porte une cicatrice sur le menton, une longue virgule épaisse. À son tee-shirt, un peu de travers au-dessus de la poitrine, s'accroche un badge rectangulaire avec son prénom, Silvana. *Finish to work. I go home now. It's OK ?*

It's OK. Thank you. Merci. Je prends sa main et la serre fort. Elle est rêche, puissante. *Need to eat something.* Je tente de me relever, je sens son bras qui me tient, je peux m'appuyer. Le monde retrouve peu à peu sa netteté. *Take care. Good luck. Bye.* Sa main qui touche mon bras. Sur son avant-bras, un oiseau aux ailes dépliées, cambré, prêt à l'envol, est tatoué avec maladresse, phénix ou hirondelle, je ne sais. Elle est partie.

Je traverse de nouveau l'avenue, avec précaution, je m'assieds sur un banc du parc. C'est un bel endroit, doux et plein de vie, je me sens bien ici, pour la première fois depuis longtemps. Tu aurais aimé ce lieu, Guillaume, tu m'aurais raconté la vie de tous les arbres, tu m'aurais dit les généreux, les sans-gêne, les timides, les agressifs, les protecteurs, les encombrants, les discrets, les fragiles, les costauds, les sobres, les assoiffés, tu aurais trouvé des plantes inconnues que tu aurais photographiées. Je serre un peu plus fort mon sac contre moi, je sens les angles du livre à travers le tissu.

En ville, je ne sais trop que faire, j'erre dans les rues, je regarde, je découvre, un peu au hasard, j'entre dans une supérette, une habitude, j'aime bien voir ce qu'achètent les gens pour manger quand je suis en voyage, puis je repère l'immense cathédrale et ses deux flèches aiguës, lourdes par rapport à la façade. J'entre. La fraîcheur de la pierre m'offre un vrai répit, il y a peu de monde, quelques femmes agenouillées dans l'espace réservé à la prière, des bougies votives tremblotent dans des lumignons en verre rouge, posés aux pieds des saints.

Avant de sortir, je me trouve face à un mur gravé d'un texte en caractères vaguement cunéiformes, très géométriques. Jamais vu. Je ne sais pas quelle est cette langue et ça me fascine. Impossible de rattacher cet alphabet à quelque chose de connu, ce n'est pas du cyrillique, ni du grec, on dirait du sumérien, j'ai le souvenir des photos de tablettes mésopotamiennes de mes vieux livres d'histoire, ça remonte d'un coup, mais c'est improbable ici, je reste un long moment devant cette page d'écriture gravée sur tout un pan de mur.

Je vais découvrir que c'est du glagolitique, un drôle de nom, qui gargouille et qui glougloute, c'est l'ancien alphabet croate, inventé par des moines au IXe siècle, jamais utilisé ailleurs. Ce genre de découvertes me rend, de façon inexplicable, heureuse. Inventer un alphabet, imaginer, dessiner la forme des lettres, leurs combinaisons, les syllabes, leur prononciation, c'est inventer un océan, un continent. Je suis rentrée à travers le parc, dans l'ombre fraîche des branches de tilleul.

Emma cœur de ma vie, Emma d'un si grand amour, Emma mes larmes et mon poing mordu, si nous sommes allés là-bas, c'est parce que c'était un de mes rêves, et je voulais le vivre avec Madeleine et avec toi. Alors je vous avais inventé ce bref voyage, à Tivoli, dans la campagne romaine, là où je pourrais enfin mettre une réalité sur un nom qui me fait rêver depuis toujours : les jeux d'eaux de la Villa d'Este.

Cascades, rocailles, fontaines, jets d'eau, bassins, escaliers, tritons, sirènes, dauphins et sphinx de pierre ou de bronze, tout cela mêlé dans une longue déambulation végétale et minérale. Je voulais tenir votre main, à toutes deux, dans cet endroit-là.

Nous voyageons peu, le loisir et le farniente sont des choses très éloignées de nos vies, mais à te voir, mon Emma, si blanche au cœur de l'hiver, encombrée de rhumes, de toux et de cernes, et Madeleine, ta mère, immergée dans les comptes, les commandes, les ventes, la facturation, les discussions âpres avec les banques, ta mère à corps perdu dans ce qui lui permet d'oublier ce mari trop fragile que je suis pour elle, homme d'incertitudes et collaborateur trop dilettante, et cette maternité qui lui arrache autant de larmes que de sourires. Je lui ai proposé une halte dans le cours galopant de nos jours et j'ai cru retrouver, à cet instant, un voile de douceur dans son regard. Alors nous sommes partis, j'avais le cœur d'un adolescent. Peut-être allais-je redevenir son magicien.

Je ne sais maintenant s'il faut réaliser ses rêves, au risque de voir le réel les pulvériser en mille pièces tranchantes, ou demeurer dans un désir inassouvi, bercé d'imaginaire. Ce songe d'eau, de verdure et de pierre, caprice d'un aristocrate des temps passés, t'a terrifiée, mon Emma.

Je tenais ta main ou je te portais dans les escaliers malaisés, creusés dans la pierre, je te montrais l'eau jaillir de partout, comme de mille sources, toutes plus étonnantes les unes que les autres. Je te désignais les cyprès et les pins parasols, et tu t'es mise à hurler de terreur.

Le bruit de l'eau, trop envahissant pour toi, et ces figures de pierre ont suscité ta frayeur. Visages léonins crachant de longs jets, étranges créatures irréelles de dauphins et de tritons, tout t'était effroi.

Le regard de Madeleine sur moi a achevé mon accablement, et son silence, pire qu'une colère ou des reproches, a été un fer rouge appuyé sur mon cœur. Je t'ai portée jusqu'à la sortie, tu te débattais dans mes bras, tendue comme un arc, hurlant, je ne savais que faire. Du regard des visiteurs que nous avons croisés, mieux vaut ne rien en dire.

De retour à notre chambre, Madeleine t'a étendue, enveloppée dans ta petite couverture matelassée que nous emmenons toujours avec nous, elle a essuyé la salive sèche autour de tes lèvres, elle a déposé dans tes bras le singe en peluche élimée aux longs bras que tu aimes tant, et tu t'es calmée, tu t'es endormie, et toutes les ombres ont disparu sur ton visage. Plus tard, je suis sorti, seul, dans la nuit d'été tiède et parfumée. Pour moi elle était glacée. J'ai trouvé un bar ouvert et j'ai bu, plus qu'il ne fallait. J'étais épuisé, abattu, d'une tristesse coupable à l'idée de t'avoir fait vivre un moment pareil.

J'ai dormi quelques heures sur la banquette de la chambre, tu étais dans ton petit lit, et Madeleine seule dans l'océan du grand lit. Nos trois solitudes écartelées dans une même pièce.

Au matin, sans un mot, nous avons chargé la voiture et repris la direction de la France.

Sur le siège arrière, tu chantonnais.

Jeudi 29, vendredi 30, Zagreb

J'étais à l'heure au rendez-vous. Un quart d'heure de marche depuis mon palace, en définitive charmant mais poussiéreux. Je suis arrivée tôt, peu de temps après avoir avalé un petit déjeuner au buffet de l'hôtel. Tendue. Très. J'ai tourné autour de la façade plate, examiné la porte cochère pour entrer. Rien d'extraordinaire. C'est donc ici. C'est donc maintenant.

Le livre est avec moi, dans mon sac à dos. Julien, Madeleine, Emma. Guillaume. Une part de notre histoire vivra ici, désormais. Auprès d'autres histoires, elle sera un maillon de la chaîne infinie des amours, des joies et des douleurs, une parmi d'autres, unique, irremplaçable, vivante et vécue.

Je me suis présentée au guichet, j'ai rappelé mon rendez-vous. Téléphone intérieur, plusieurs tentatives, une voix répond à travers les grésillements de l'appareil. *Jasmina is coming in a few minutes, please wait a moment.* D'un geste avenant, le garçon de l'accueil, queue-de-cheval, piercings aux sourcils, me fait signe de pénétrer dans le musée.

Elles sont là, devant moi, toutes les histoires un jour déposées par des inconnus, les histoires finies, brisées, les histoires terribles, les histoires légères, les histoires étranges, les histoires banales, les histoires incroyables, et je vais prendre la suite en déposant la mienne.

Des objets, parfois insolites, bague ou paire de chaussures, porte-clés ou robe de mariée, toile de parachute ou ours en peluche, une paire de tasses en faïence, un bracelet cassé, une montre, une bougie dorée à moitié consumée, la photo d'un chien, deux petits lapins en plâtre, un sac de voyage en toile bleu marine, un vélo, des petits mots, des lettres, chaque histoire est recueillie et protégée dans un cube en plexiglas, posé sur une colonne.

C'est doux et terrible, poignant et réconfortant, rien d'un cabinet de curiosités ni d'un cimetière d'amours mortes, ni d'une exhibition embarrassante. C'est un beau lieu, terriblement humain, avec toutes ces traces comme un inventaire insensé, et nous allons y prendre notre place. Il y a déjà des visiteurs, silencieux, attentifs, des couples essentiellement.

De façon inexplicable, je sens une impression étrange monter en moi, la gorge qui se resserre. Je ne saurais dire ce qui se passe, une oppression, je peine à respirer, mon regard ne peut se détacher des cubes de plexiglas qui abritent chaque histoire. J'avais pourtant vu les photos sur le site du musée, ce n'est pas une surprise.

Une question, comme une aiguille. Comment vont-ils respirer là-dedans ? Les jardins d'Emma vont mourir une fois encore, par manque d'air et par oubli. Qui se souviendra d'eux si je les abandonne, s'ils ne vivent que dans ma mémoire ? Les jardins avaient sauvé Guillaume, peut-être peuvent-ils protéger encore. Je n'avais pas pensé à ça. Et s'ils m'avaient sauvée, finalement, moi aussi ?

C'est maintenant que ça se joue. Tout de suite. Le temps et l'espace semblent se réduire à une tête d'épingle où tout se concentre. Ces boîtes transparentes me font penser au cercueil de verre de la Belle au Bois dormant. Alors non, je ne veux pas dormir, je ne veux pas d'un autre long sommeil pour notre histoire. Pas de mausolée. Je continue à avancer au milieu de ces vestiges, un peu titubante, un peu égarée. Un jeune couple me jette un regard interrogatif, ça doit se voir que je ne suis pas une visiteuse paisible. Ça tape dans mon ventre, dans ma poitrine, dans ma gorge, à mes tempes, le battement du sang, de la vie qui appelle, plus loin, dehors. Il faut se décider. Plus le temps de peser le pour, le contre, le peut-être, le après tout, le quand bien même et tout ce qu'on voudra, ça n'a plus aucun sens de réfléchir. Va-t'en, va-t'en, sors d'ici, file, dégage, arrache-toi, ce n'est pas là que tu dois être. Une voix intérieure impérieuse qui se cristallise en certitude. Aujourd'hui est un autre jour. Un beau jour. Allez, ne reste pas plantée là. Ça tape dans mes tempes, encore plus fort, je m'appuie contre un mur, ferme les yeux. Respire. Reprends-toi. Qu'est-ce que tu veux maintenant ? Rassemble tes forces, reste sauvage, abrupte, ne plie pas, emmène ta vie avec toi, ne laisse rien derrière. Ça t'appartient.

Je suis sonnée, je suffoque. En hâte je gagne la sortie et je salue le garçon à l'entrée, j'interromps son geste vers le téléphone pour rappeler Jasmina. *Please don't.* Je passe la porte cochère en hâte et je m'enfuis, aussi vite que je peux, sans me retourner.

Lorsque je suis déjà loin, je retrouve mon souffle et je laisse glisser mon sac à dos. Je l'ouvre et je saisis le livre que je serre dans mes bras, comme un vivant, comme un aimé.

Emma mon amandier en fleur et mon coquelicot, Emma mon oiseau blessé et mon chat sauvage, Emma mon porte-bonheur qui ne lira pas ces lignes, tu as été malade cet hiver, des rhumes qui s'éternisent, une vilaine bronchite qui nous a valu des nuits blanches, des toux qui te secouent tout entière, et ces cernes mauves sous tes yeux trop brillants, comme je les redoute.

Le docteur Chaplain est venu trop souvent ces mois-ci, il t'ausculte longuement, concentré sur ce qui se passe dans ta minuscule cage thoracique, il déplace lentement le cercle métallique de son stéthoscope qu'il a réchauffé de ses mains avant de le poser sur ta peau, écoute encore. Cette petite est épuisée, les poumons n'ont rien, mais elle n'arrive pas à récupérer, son organisme est fragilisé, elle est à la merci du moindre virus. Il lui faut du soleil, du sommeil, des fruits, des vitamines, du calme. Emmenez-la dans le Sud, si vous pouvez.

Le printemps était là, davantage une traîne d'hiver morose, blanchâtre, qu'autre chose, avec des gelées tardives qui faisaient craindre une année de vendanges pauvres. Le cours des vins en serait affecté, Madeleine surveillait cela comme le lait sur le feu, courant d'un domaine viticole à l'autre pour parler avec les vignerons, les convaincre de nous confier la vente de leur production. Pars avec Emma, on ne peut pas attendre l'été, elle tousse trop. Je vous rejoindrai dès que possible.

J'ai trouvé une petite maison à louer dans l'arrière-pays varois, au-dessus de Toulon, une pièce principale carrelée de tomettes d'un rouge délavé et deux chambres sous le toit, peintes à la chaux. Un jardin ouvert sur la garrigue, et la propriétaire se proposait pour l'entretien et la cuisine si nous le désirions.

Nous sommes partis tous les deux, j'avais hâte d'arriver, toujours perturbé, malgré l'habitude, par les regards en coin plus ou moins discrets vers notre étrange attelage, un père seul et une enfant si différente des autres, lancés sur les routes du Sud.

La maison nous attendait, avec du linge frais et des provisions. Tu as désigné le tout petit lit en fer forgé qui se trouvait dans un angle de la chambre que j'allais occuper, j'ai hésité, je t'ai montré la tienne, et j'ai fini par céder à ta demande, craignant de te voir désorientée, seule avec tes peurs dans une pièce inconnue.

Nous avons déposé dessus ta couverture matelassée, ton singe aux longs bras qui n'a pas de nom, quelques jouets et la photo de Madeleine sur le tabouret qui faisait office de table de chevet, puis nous avons exploré ensemble la maison, la pièce avec sa cuisine rudimentaire et le cabinet de toilette.

Dehors, il faisait une de ces chaleurs que nous ne connaissons chez nous qu'au mitan de l'été, la maison gardait le frais dans ses murs épais, derrière ses volets d'un bleu passé. J'ai aussitôt aimé ce lieu.

J'ai préparé des œufs et des tomates, coupé du pain, puis j'ai posé deux assiettes sur la petite table en métal installée dans la cour.

Demain, nous explorerons le jardin, tu veux ? À ce mot, à ce qu'il déclenchait en toi, à ce sourire qui te rend aussitôt présente à ta vie, j'ai su que tu allais bien, que mes craintes pour cette villégiature pouvaient s'assoupir. Mais rien n'est jamais gagné, avec toi, les jours ne se ressemblent pas. Il suffit de peu de chose, nous le savions avec Madeleine, pour perturber cet équilibre fragile et te projeter dans l'effroi, les cris ou le silence.

Emma mon bouton d'or et ma rivière, Emma barbouillée de confiture, j'ai attendu que tu t'endormes, bercée par l'histoire que je te lisais, cet inusable Boucle d'or *que tu réclames presque chaque soir, cette histoire d'ours, de lits et de bols qui t'accompagne au bord du sommeil comme une musique rassurante, puis j'ai plongé à mon tour dans le sommeil.*

Au matin, tu étais au pied de mon lit, à tirer ma couverture avec insistance. Manger, papa, manger. Tu avais faim, mon Emma, simplement faim et c'était merveilleux.

Ainsi avons-nous commencé ce temps hors du monde. En dehors des passages, un peu insistants, de la propriétaire, qui trouvait chaque jour une raison de rendre visite à notre petit duo qu'elle considérait avec une curiosité mal dissimulée, nous étions seuls. Louise, puisque c'est son nom, venait souvent en fin de journée, ou en début de soirée, une fois que tu étais au lit, et semblait avoir tout son temps.

Solide, volubile, hâlée, chaleureuse, de la gaieté dans les yeux, avec – j'ai mis quelques jours avant de le réaliser – une certaine envie de me tenir compagnie. Vin d'oranges, vin de pêches, confitures et clafoutis pour Emma, draps supplémentaires, elle arrivait les bras chargés, souriante.

J'ai dû la décevoir. Je n'étais disponible pour personne. Embarrassé, je me perdais en remerciements, sincères, pour ses attentions, j'écoutais avec plaisir sa voix enjouée me raconter le village, les chemins alentour, les petites églises des environs, je posais les yeux sur sa taille étroite, ses gestes précis, son allant, une onde fraîche, soyeuse, passait alors entre elle et moi, cela suffisait à rompre ma solitude.

J'ai préféré ignorer son air dépité, soudain fermé, lorsque je lui proposais de la raccompagner jusqu'à la grille du jardin et lui souhaitais une bonne nuit. Ses passages se sont espacés, c'était mieux ainsi.

Avec toi, Emma, nous nous sommes trouvés neufs face à la découverte de ce jardin méditerranéen. Le monde nous arrivait assourdi, ponctué par les appels téléphoniques que nous allions passer à la poste du village pour te permettre d'entendre la voix de Madeleine, et que je puisse la rassurer. Oui, tu vas bien, mon Emma, j'ai vu tes cernes bleus s'estomper, tes joues brunir et s'arrondir, j'ai vu une lumière revenue dans tes yeux sombres. Tu ne courais plus te réfugier dans mes jambes lorsque Élise, la femme de charge envoyée par Louise, venait faire un peu de ménage dans notre refuge en lavant les sols à grande eau et en nous interdisant d'une voix bourrue de revenir à l'intérieur tant que tout ne serait pas sec. Pour le reste, je m'en occupais.

Nous nous levions tôt avant que la chaleur ne nous épuise. Venaient ensuite les heures longues, distendues et paisibles, de l'après-midi. Sieste, lecture, confection d'un herbier pour toi, et, le soir venu, une vie nouvelle pour moi s'est ouverte. J'ai commencé à poser quelques mots sur le bloc correspondance trouvé au fond de ma valise.

J'avançais dans un monde mouvant, inconnu, vers des contrées ignorées dont l'exploration allait devenir mon quotidien.

Avec les mots, je découvrais cette sensation de remonter des fleuves, de découvrir des sources, d'entrer dans des forêts et d'y chercher des clairières.

Je commençais à t'écrire ces lettres, mon Emma, des lettres que jamais tu ne liras ni n'entendras, mais qu'il m'était désormais essentiel de déposer sur ces pages.

En fin d'après-midi, lorsque le soleil se décidait enfin à un peu de clémence, nous allions au village chercher quelques fruits, du fromage, des choses simples que nous pouvions préparer ensemble. Et puis il y avait ce jardin du Sud, qui fut avant tout de senteurs, de parfums, multiples et mêlés.

Je mentirais en disant que ces semaines furent dénuées de soucis, de moments de lassitude ou de vrai désarroi. Il y eut tes bons jours, et aussi tes moins bons, lors desquels je me sentais démuni, tellement impuissant, puis, au moment le plus imprévu, tu redevenais présente et heureuse de vivre.

Chaque fois, ou presque, c'est le jardin qui nous a sauvés. Un filet d'air frais sur le visage, le soir, la poursuite d'un papillon blanc, la course saccadée d'un lézard qui se faufile entre deux pierres d'un muret, la contemplation du dessous argenté des feuilles d'olivier, la senteur résinée des pins, l'explosion violette d'une cascade de bougainvillées, les palmes arrondies, puissantes, des figuiers de Barbarie, le jaillissement bicolore des pieds d'aloès, tout t'intriguait et t'enchantait.

En fin de journée, avant de préparer ce qui serait notre dîner, venait le moment qui m'embarrassait le plus. Je te conduisais à la salle de bain et attendais derrière la porte, après avoir réglé le jet de la douche à la chaleur qui te convenait.

Madeleine t'avait habituée à faire ta toilette seule, par égard pour ton intimité, et pour que tu ne dépendes pas de mains étrangères sur toi. Tu en sortais au terme d'un temps variable, laissant derrière toi un extraordinaire désordre de linge et de sol trempé, et aussi ce parfum de transpiration enfantine aigrelette qui est le tien lorsque tu as trop couru.

Madeleine me manquait, j'en faisais le constat quotidien, et pas seulement dans les moments difficiles avec toi. Je songeais à sa douleur, à sa droiture, sa rigueur, son énergie, à son regard trop souvent perdu. J'attendais son arrivée, comme un homme amoureux, tout simplement.

Autour de toi, mon Emma, le sais-tu, nous formons ce couple imparfait et indestructible, qui tente avec toi, chaque jour, de toute son âme, de toutes ses forces, une nouvelle traversée.

Peut-être les passants se sont-ils demandé qui était cette folle qui riait et qui pleurait en serrant un livre contre elle, mais je crois que ça n'intéresse pas tellement les passants, ils ont à faire, à vivre. Je serre ma vie et mes amours. Je serre hier, aujourd'hui et demain. Dans ma tête c'est la cavalcade. Alors c'est comme ça ? Tu es venue jusqu'ici pour t'enfuir comme une voleuse ? C'est malin, tiens. Des jours à te démolir le dos dans des bus trop chauds ou trop froids, à regarder filer le paysage et à regarder les autres voyageurs, à manger n'importe quoi, à dormir où tu peux, dans des trucs minables et maintenant, dans cette espèce de palace déglingué en solde. Tu navigues entre le pèlerinage et le séjour découverte. Mais tu joues à quoi ?

Je ne joue pas. J'essaie d'avancer, c'est tout. Tous les jours, j'essaie de remonter en selle. J'ai peur, et ça tremble. Alors tu cherches, tu inventes, tu essaies, tu crois savoir. Tu pars. Ça y est, cette fois, tu sais. Et puis non. Ça ne marche toujours pas. C'est autre chose, cherche encore. Et malgré toi, un jour, peut-être, tu as trouvé.

J'ai marché longtemps dans la ville, sans but, sans repères, j'ai tracé un labyrinthe de pas ; sans m'en apercevoir, ils m'ont portée vers le parc en face de l'hôtel.

La femme en robe rouge s'élance à pas hésitants, un peu glissés, une tentative, et puis de plus en plus souples, déliés, la jambe qui s'allonge, cou-de-pied, cheville, mollet, genou, cuisse, ça s'assouplit, ça avance, ça cherche.

Le tissu de sa robe se colle à son ventre, il dessine des vagues écarlates autour de ses chevilles. Et puis le dos, les épaules, le menton. Ça se redresse. Le regard. Plus droit. Plus ouvert. La nuque. Nette.

Elle s'élance sous les tilleuls, elle se jette comme elle l'a toujours fait, droit devant, sans réserve, sans mesure, au contact ; il faut le frottement. Le corps silex. Le sol comme une scène, elle n'en désire pas d'autre. Elle respire, elle aspire du ciel en elle, les bras, les mains s'envolent, c'est le début d'une histoire. C'est dans cette exposition sans filet, dans cette calligraphie sans repentir possible qu'elle se sent le plus en sécurité, immergée dans le tremblé du jour. Tout peut lâcher à chaque instant, un mauvais placement, une réception manquée, une erreur d'appréciation des distances, un fléchissement des muscles, des nerfs, des tendons. C'est pourtant là qu'elle se sent vivre, sereine, ardente, à chercher le feu dans chaque geste, dans chaque pas.

Autour d'elle, les passants s'arrêtent. Un cercle, très vite. On sort les téléphones, on filme. C'est qui ? C'est quoi ? Le cercle est souple, large, il dessine son espace sans l'étouffer, sans la contraindre, elle l'accepte comme tel, puisqu'on le lui offre.

Ça vient du ventre, les gestes remontent de loin pour naître et mourir dans le même souffle. Elle a vingt ans, elle a mille ans, elle ne sait plus, elle danse avec ceux qu'elle aime, et ils sont là, tous ceux qu'elle a laissés en partant, et Emma, et Julien et Madeleine, et Guillaume. Ils sont dans la ronde avec elle. Je danse pour toi, pour nous, je danse pour la vie et pour ce que nous avons aimé.

Elle danse les larmes et les caresses, les nuits d'insomnie et les jours heureux, elle a dansé les printemps qui reviennent, les nuages qui filent, les neiges dans le cœur des femmes et des hommes, elle danse la terre martyrisée et les cœurs épuisés, elle danse l'espérance et la chute, les voix qui se sont tues et celles qui vont chanter, elle danse ce qu'elle attend et qu'elle ignore.

Au bord du cercle, elle reconnaît un visage. Silvana, la serveuse qui l'a ramassée lorsqu'elle est tombée, qui lui a donné à boire et qui a attendu auprès d'elle. Silvana qui la fixe sans bouger un cil, comme pétrifiée. La danseuse s'approche d'elle et lui tend les bras, elle l'enveloppe et frôle ses épaules, leurs yeux se reconnaissent. Elle prend ses mains et s'incline devant elle. Et Silvana devient une reine.

La femme qui danse est là, dans l'instant, à inventer des gestes et des pas dans la poussière de cette allée de tilleuls, au milieu des passants, des couples, des poussettes, des petits vieux assis sur les bancs et des enfants qui courent, au milieu de la vie qui passe et s'arrête un instant pour la regarder. Elle danse les orages et les renaissances, les silences et les marées, les solitudes et les torrents. Elle danse pour le vivant qui naît, qui croît, qui meurt et qui renaît, elle danse pour elle, pour ceux qui sont là et pour les absents, elle danse ce qui est perdu et retrouvé. La robe rouge et la vie dans ses plis. Elle danse une lettre d'amour.

Demain, elle va partir. Elle ne le sait pas encore. Elle va courir, retrouver cette famille étrange et chaotique qu'elle s'est inventée et qui lui tient chaud. Avec eux, ensemble, ils écriront une nouvelle histoire, une histoire de jardins, de pluie, de branches et de forêts, de gouttes d'eau et de haies vives, de matins frais et de flammes. Demain, elle va rentrer.

Elle va partir à l'aube, à l'heure des promesses, à l'heure des possibles, elle sera une ombre dans les rues, avec une hâte au ventre, un fourmillement une impatience, une fougue un désir.

Elle court, maintenant.
Elle est au cœur du monde.
Le monde est en mouvement et elle aussi.
Inspire.
Expire.
Regarde.
Avance.
Il est temps de prendre la vie dans ses bras.
Danser la page suivante.

« Je me tiens comme la terre m'a créée
avec la poésie de mes forêts
et le vent de mes blessures. »

Maram al-Masri
Par la fontaine de ma bouche

À la source des livres…

Comment naissent les histoires ? De peu de chose parfois, un presque rien qui provoque une mystérieuse combustion entre un feu intime et l'air du large qui l'attise.

L'air, ici, aura été pour moi un lieu. Ce lieu. Aurais-je pu l'inventer ? Je n'en suis pas certaine. *The Museum of broken relationships* existe réellement.

Découvrir un jour qu'un tel endroit vit, quelque part dans le monde, et garde une trace de ce qui a un jour été entre deux êtres, m'a infiniment émue. Que reste-t-il de nos amours ?

Ce musée des relations rompues, brisées, est l'œuvre d'un couple, Olinka Vištica et Dražen Grubišić. Lorsqu'ils se séparent, naît leur envie commune de créer un lieu où déposer quelque chose de leur histoire, puis de l'ouvrir à chacun. Ce sera chose faite en 2010. Et loin d'un temple des amours déchues, il s'agit d'un espace étonnamment vivant.

Un musée sans objet historique, scientifique, patrimonial ou artistique, est-ce possible ? Il faut le croire. Sa richesse vient de l'émotion qu'il provoque chez le visiteur, qui vient inscrire ses pas et son regard dans d'autres histoires, en y trouvant peut-être un écho de la sienne.

Que faut-il symboliquement déposer, abandonner, pour poursuivre la route, sans rien oublier de ce qui a été ?

Nos vies sont faites de mémoire et d'oubli, de désirs et de souvenirs. De peines et de matins qui se lèvent.

Et un jour, l'écriture part à leur rencontre.

G. J.

DU MÊME AUTEUR :

Les Heures silencieuses, Autrement, 2011
Nos vies désaccordées, Autrement, 2012
Noces de neige, Autrement, 2013
Le Dernier Gardien d'Ellis Island, Notabilia, 2014
L'Ombre de nos nuits, Notabilia, 2016
De vive voix, Le Temps qu'il fait, 2016
Vermeer, entre deux songes, Invenit, 2017
Un été à quatre mains, HD ateliers Henry Dougier, 2017
Une longue impatience, Notabilia, 2018
Une femme en contre-jour, Notabilia, 2019
Ce matin-là, Notabilia, 2021
Et recoudre le soleil, Notabilia, 2022
La Nuit des pères, Notabilia, 2022
À quoi songent-ils, ceux que le sommeil fuit ?, Notabilia, 2024

COMPOSITION ET MISE EN PAGES
NORD COMPO À VILLENEUVE-D'ASCQ

CET OUVRAGE A ÉTÉ ACHEVÉ D'IMPRIMER
SUR ROTO-PAGE
PAR L'IMPRIMERIE FLOCH À MAYENNE
EN DÉCEMBRE 2024

N° d'impression : 105947
Dépôt légal : janvier 2025
Imprimé en France